UN SOUHAIT INASSOUVI

LES ROMANCES DES BRITISH BOYS

J.H. CROIX

   Réalisé avec Vellum

Chapitre Un

JANA

Ma voiture avança d'un bond dans un bruit de choc. J'étais sur le point de prendre une gorgée de mon café et me retrouvais maintenant avec un chemisier taché.

— Mince ! marmonnai-je toute seule.

J'avançais mètre par mètre dans les bouchons matinaux de Seattle et venais de me faire rentrer dedans par la voiture derrière moi. En plus de me demander l'ampleur des dégâts, j'étais couverte de café.

— Super, vraiment génial. Exactement comme ça que je veux commencer ma journée.

J'avais pour habitude de parler toute seule, surtout quand j'étais énervée. J'étais dans la voie de droite – Dieu merci – et m'avançai très lentement sur la bretelle de ce périph chargé. J'attrapai une serviette et essuyai le café sur ma main avant d'essayer de sauver mon chemisier. Ce n'était vraiment pas la bonne journée pour porter du blanc. Je sortis de la voiture, ajustai ma jupe, découvrant une splendide tache de café sur le côté. Je regardai la voiture qui m'était rentrée dedans manquer de rentrer dans quelqu'un d'autre tandis que l'homme au volant se rangeait sur la bretelle d'arrêt d'urgence.

Il sortit de sa voiture, claqua la porte et marcha vers moi, où je l'attendais près de la barrière.

— Ne commencez pas à me dire que c'est de ma faute, dit-il avec un regard noir.

Il portait – je vous jure – une tenue de sport jaune pétant.

— Comment voulez-vous que ce soit de ma faute ? demandai-je en lui rendant son regard noir.

— Vous avez freiné trop vite, déclara-t-il, passant sa main sur ses cheveux noirs lisses avant de croiser les bras.

Oh, certainement pas. Je ne vais pas porter le chapeau pour ça.

— Il y a une règle. Quand on rentre dans la voiture de devant, c'est qu'on était trop près. Ce n'est en aucun cas de ma faute, rétorquai-je.

Survêt leva les yeux au ciel. Il était tellement arrogant, ce qui ne fit que m'énerver encore plus.

— D'accord. Appelons les flics alors, rétorqua-t-il avec un sourire narquois.

— Très bien.

Je sortis mon téléphone et composai le 911. Je signalai rapidement notre accrochage puis rangeai mon téléphone dans mon sac à main avant de croiser les bras et de m'appuyer contre ma voiture.

— On n'a qu'à attendre.

Survêt leva les yeux au ciel encore une fois et s'appuya contre sa voiture. Quelques minutes plus tard, je vis les gyrophares s'approcher à travers les bouchons. Le véhicule de police s'arrêta derrière nos voitures. Quelques secondes plus tard, un policier en sortit et c'est à ce moment-là que Survêt décida de répéter que j'allais trop lentement.

— Monsieur l'agent, elle était sur son téléphone en plus ! ajouta-t-il.

Mes joues chauffèrent et je m'écartai de ma voiture en lui lançant un regard noir.

— Je n'étais pas sur mon téléphone, espèce de con !

Ce fut à ce moment opportun que notre gentil policier arriva près de nous, me regardant des pieds à la tête. Je le regardai, et mon souffle se coinça dans ma gorge. Oh. Mon. Wouah. J'adorais les uniformes. Rien que ça, c'était canon. Mais un uniforme sur un flic aux cheveux brun foncé, aux beaux yeux bleus et avec un visage à en tomber, eh bien, j'étais sur le point de tomber.

Il avait des pommettes sculptées, un beau nez, une mâchoire carrée et une barbe de trois jours. Et sa bouche, bon Dieu, sa bouche. Il avait des lèvres pulpeuses et rebondies, et une fossette au menton. Vraiment, d'où est-ce que ce gars sortait ? Ça devrait être interdit de faire des flics pareils. C'était dangereux. J'étais prête à faire tout ce qu'il voulait à l'instant. Il pouvait absolument me menotter et m'emmener s'il le voulait.

Je restai silencieuse. J'aimerais dire que c'était une stratégie, mais j'étais simplement incapable de parler. Ce qui laissa le temps à Survêt de prendre la parole.

— Pas de ma faute. Elle était sur son téléphone et a freiné d'un coup, annonça-t-il.

Flic Sexy le regarda un moment avant de se tourner vers moi. Oh, bordel, c'était vraiment le pompon. Je commençai à avoir chaud, sans doute un mélange de l'effet que me faisait ce flic et la colère que me provoquait Survêt.

Je lançai un regard noir à Survêt, oubliant mon flic sexy.

— Je n'étais *pas* sur mon téléphone, et je n'ai *pas*

freiné d'un coup. J'ai ralenti parce que j'étais obligée. Parce qu'au cas où tu ne l'aurais pas remarqué...

Je m'arrêtai pour faire un grand geste vers les bouchons interminables sur le périph.

— ... c'est l'heure de pointe.

Je soufflai et écartai mes cheveux de mon épaule. Flic Sexy nous regarda tous les deux.

— Bon, ça ne devrait pas être trop difficile à vérifier. Je peux voir votre téléphone ? demanda-t-il.

« Hein ? » fut ma fabuleuse réponse.

— Si je peux confirmer que votre téléphone n'était pas en cours d'utilisation, c'est facile.

Il y avait des lois contre l'utilisation d'équipement portable au volant, mais je n'étais pas sur mon téléphone, donc il n'y avait rien à voir. Je lui tendis mon téléphone sans même y réfléchir. Un seul petit problème. Dès que je lui tendis le téléphone, je réalisai qu'il verrait mon écran, qui était une photo de pénis. Oui. Un pénis. C'était une blague. Une amie avait organisé son enterrement de vie de jeune fille et toutes les sucreries avaient des formes cochonnes. Mon fond d'écran était une photo d'un gâteau en forme de pénis. Il était tellement réaliste que je n'avais pas pu résister à le prendre en photo et j'avais fièrement sauvegardé la photo sur mon téléphone. Ça me faisait rire à chaque fois que je le voyais. Une bonne façon de rester de bonne humeur.

Je vis ses yeux se poser sur l'écran puis remonter vers moi. Je rougis. Sa magnifique bouche s'arqua légèrement, quasiment rien, mais je ne pus m'empêcher de sourire, amusée.

Ses magnifiques yeux bleus brillaient d'humour, mais il ne rit pas. Il dit enfin quelque chose.

— J'ai besoin qu'il soit déverrouillé.

J'avais presque oublié de dire que ce flic avait un

accent anglais, en plus. D'où est-ce qu'un flic anglais avait débarqué, en plein Seattle ? Je n'en savais rien, mais il pouvait me parler toute la journée s'il voulait. C'était vraiment un cadeau. J'étais tout excitée à ce stade, mon corps vibrait si fort que j'en avais presque la tête qui tournait. J'étais peut-être gênée qu'il ait vu le gâteau en forme de pénis, mais ce micro-sourire avait suffi à me mettre en feu. Je repris rapidement mon téléphone et entrai mon mot de passe.

— Voilà. Vérifiez ce que vous voulez, annonçai-je, en me souvenant de jeter un regard noir vers Survêt.

Il leva simplement les yeux au ciel et croisa les bras à nouveau.

Flic Sexy croisa mon regard.

— Je peux vérifier ce que je veux ?

Le coin de sa bouche se redressa à nouveau. Mes joues chauffèrent encore plus. Je haussai les épaules et remontai mon sac sur mon épaule.

— Je n'ai rien à cacher.

Il haussa un sourcil et regarda mon téléphone.

— En effet, murmura-t-il.

J'enroulai une mèche de mes cheveux sur mon doigt, en le regardant ouvrir mes messages et mon journal d'appels avant de me rendre mon téléphone. Il y avait un tout petit éclat dans ses yeux, jetant un dernier regard à mon téléphone lorsque le pénis réapparut quand il ferma l'historique de mes appels.

— J'avais simplement besoin de voir vos appels, vos SMS et le journal d'activité. Aucunement besoin de voir quoi que ce soit d'autre, dit-il.

Le son de sa voix me fit frissonner alors qu'une vague de chaleur se libérait dans mon corps. Je ne réussis pas à faire plus qu'acquiescer.

Flic Sexy me regarda puis regarda Survêt.

— Aucun signe qu'elle utilisait son téléphone. Il y a

beaucoup de circulation, si vous étiez derrière elle, vous la suiviez sans doute de trop près.

Il se tut et Survêt s'interposa.

— C'est des conneries. Je sais...

J'oubliai temporairement que j'avais le souffle coupé. En plus d'être un con, Survêt me rappelait tristement mon ancien patron. Il avait la même attitude arrogante. Mon dernier patron avait presque ruiné ma vie. Ma première erreur : ne jamais sortir avec son patron. C'était déjà assez bête en soi, mais la pire chose était que je ne savais pas qu'il était marié. Je n'avais aucune idée de comment ce détail monumental avait pu m'échapper. Bref, pour faire court, ça avait fait imploser ma vie, et Survêt me faisait penser à lui.

— Espèce de salaud ! C'est *pas* des conneries. Je n'étais pas sur mon téléphone. Tu m'es rentré dedans. Ferme-la et prends tes...

Flic Sexy posa une main sur mon bras, coupant court à ma tirade. Le simple fait de sentir sa main sur moi me donna chaud et me sortit de ma rage contre Survêt. Je le regardai. Au moment où mes yeux croisèrent les siens, je découvris que j'aurais pu passer la journée à le fixer.

— Oui ?

— Aucunement nécessaire de se battre, dit-il avec ce ton légèrement hautain qui me fit avoir des papillons dans le ventre.

J'essayais de rassembler mes pensées quand il haussa un sourcil, me signalant clairement que je le regardais bêtement.

— Ah oui. Alors, qu'est-ce qu'on fait ? J'ai un impact sur mon pare-chocs, dis-je en désignant le coin écrasé de mon pare-chocs.

Je conduisais un petit break bleu, qui avait connu des jours meilleurs, mais auquel je tenais beaucoup. Ma petite voiture m'avait aidée à traverser des années difficiles.

Les yeux de Flic Sexy regardèrent ma voiture avant de revenir sur moi.

— Je vais faire un rapport et vous l'enverrez à votre assurance, dit-il simplement.

Parfaitement logique. J'acquiesçai et il lâcha mon bras. Survêt semblait avoir décidé que ça ne valait pas la peine de se battre. Il était appuyé contre sa voiture, à regarder les bouchons.

Flic Sexy s'écarta pour répondre à un appel sur le talkie-walkie qu'il portait à l'épaule. En peu de temps, il écrivit un rapport, pendant que Survêt et moi échangions le numéro de nos assurances.

Survêt reprit la route en me lançant toujours un regard noir. Je l'ignorai et fis le tour de ma voiture, ne réalisant qu'à ce moment-là que j'avais un pneu crevé.

Je me retournai et manquai de rentrer de plein fouet dans Flic Sexy. Ma bouche s'assécha quand je croisai son regard. Doux Jésus. Il était tellement canon, ce n'était pas juste.

Je réussis tout de même à trouver des mots.

— J'ai un pneu crevé.

C'était un miracle que je ne m'étale pas à ses pieds.

Chapitre Deux

FINN

Je fixai la femme qui se tenait devant moi, mes yeux se posant sur la mèche violette qui se démarquait de ses cheveux. Le violet créait un contraste saisissant avec le brun riche de ses cheveux brillants. Depuis que j'avais posé les yeux sur elle, j'avais un mal fou à me concentrer. Elle était terriblement belle, et si ma queue pouvait décider, je la regarderais toute la journée. Je ferais même bien plus que regarder.

Le centre d'appel m'avait envoyé ses informations avant même que j'arrive sur place, donc je savais qu'elle s'appelait Jana Sparks. Elle n'avait jamais eu d'accident de la route, ou quelque infraction que ce soit.

Mon premier problème était réglé. Par miracle, j'avais réussi à l'empêcher de se battre avec le connard qui essayait de lui mettre l'accrochage sur le dos. Mon deuxième problème était que je n'arrivais pas à la quitter des yeux, et que j'avais bien envie de la jeter dans ma voiture de police pour partir avec elle. Ses grands yeux bleus, sa peau blanche et ses cheveux fous m'hypnotisaient. Elle était loin d'être mon genre habituel. Mon ex était ce qu'on pourrait appeler une

beauté classique : blonde, yeux bleus, toujours parfaitement habillée, avec un air poli. Rien à voir avec cette
femme brute qui se tenait devant moi, prête à se
battre pour une contravention. Sa mèche de cheveux
violette lui donnait un petit air excentrique. Elle avait
des courbes folles et une audace qui me frappait en
plein ventre, ou plutôt en pleine queue.

Elle croisa les bras et tapa du pied au sol, me
faisant baisser les yeux. Mon regard insolent fit un
détour, absorbant la façon dont ses seins remplissaient
son chemisier, et la façon dont ses hanches se transfor-
maient en de larges cuisses. Elle portait un chemisier
blanc ajusté et une jupe grise. Au premier regard, sa
tenue était parfaitement respectable. Mais sur elle, ça
me rendait fou. Même sa tache de café était adorable.
Je supposais qu'elle avait renversé son café pendant
l'accrochage. Quand elle souffla, je levai les yeux et me
rendis compte qu'elle venait de dire quelque chose.

— Pardon. Qu'est-ce que vous avez dit ?

Elle fit tourner son téléphone dans sa main, me
rappelant qu'elle avait une photo d'un gâteau en forme
de pénis comme fond d'écran. Je devais admettre que
la personne qui avait fait ce gâteau avait un sacré
talent. Pendant un instant, j'avais cru que c'était une
vraie photo, puis j'avais vu l'éclat du glaçage couleur
chair.

Elle soupira de façon plutôt dramatique, ses yeux
tombant sur le coin de son pare-chocs embouti.

— J'ai un pneu crevé, dit-elle.

Sa voix était assez râpeuse, ce qui ne faisait
qu'ajouter à la distraction qu'elle représentait
pour moi.

— Je vais m'occuper de vous trouver un dépanneur.
Vous avez besoin que je vous dépose quelque part ?
demandai-je.

C'était ce que je proposerais à n'importe qui dans cette situation, mais le fait que cela m'offrirait un peu de temps seul à seul avec elle ne m'échappa pas.

Ses magnifiques yeux bleus s'écarquillèrent.

— Vous allez me déposer ?

Elle semblait surprise par cette suggestion.

— Si vous en avez besoin, oui. On est au milieu de la circulation, dis-je en soulignant l'évidence.

Jana souffla et rangea une mèche de cheveux violette derrière son oreille.

— Oui, je sais. Si vous proposez de me déposer, je ne vais pas dire non. J'allais au travail, et je n'ai pas vraiment le temps de suivre un dépanneur.

Nous étions sur la I-5 de Seattle, la portion d'autoroute la plus dense du coin. J'étais bien trop occupé pour changer un pneu sur une bretelle d'arrêt d'urgence, sans parler du fait que sa roue semblait avoir pris un coup dans l'accrochage.

Elle posa ses hanches contre la voiture et croisa les bras. Je pris ça comme un signe qu'elle voulait bien attendre. Je sortis mon téléphone portable et appelai le centre d'appel.

— Salut, Rosie, dis-je dès que sa voix filtra à travers ma radio. Tu peux m'appeler un dépanneur ?

Rosie était toujours entièrement professionnelle et très efficace.

— Pas de souci. Je vais confirmer ta position.

Elle récita rapidement exactement où nous étions.

— Affirmatif, répondis-je.

La radio se tut puis grésilla à nouveau.

— Ils disent qu'ils seront là d'ici 15 minutes.

Je regardai Jana, en me disant que son nom lui allait à merveille. Elle avait encore les bras croisés et semblait plutôt énervée par toute cette situation. Je croisai son regard agacé, surpris de me rendre compte que j'adorais la voir dans cet état.

— On attend dans ma voiture ? proposai-je.

Ses yeux s'illuminèrent.

— Ouais ! Je ne suis jamais montée dans une voiture de flic. Je peux monter à l'avant ?

Je retins mon envie de sourire.

— Bien sûr.

Elle s'écarta de sa voiture et je lui fis signe de passer devant moi. Erreur. Je n'avais pas vu la délicieuse courbe de ses fesses par-derrière, et ça ne faisait que faire durcir ma queue. Je regardai ses hanches se balancer alors qu'elle marchait devant moi. Elle tendit la main vers la poignée de porte avant de soupirer de façon dramatique quand elle ne s'ouvrit pas.

Cette fois-ci, je ne pris pas la peine de retenir mon rire.

— Vous ne pensiez quand même pas que ça allait s'ouvrir comme ça, si ? Elle se verrouille automatiquement dès que je suis à plus d'un mètre, expliquai-je.

Elle leva les yeux au ciel et attendit que je passe ma clé électronique sur la serrure pour lui ouvrir, avant de lui faire signe de monter dans la voiture. Alors que ses jambes passaient la porte, je vis un millimètre de soie bleue entre ses cuisses. Bordel.

Je fermai la porte un peu trop rapidement et fis le tour de la voiture, forçant mon esprit à ne pas penser à son petit corps sexy. Elle était petite et ronde. Je ne savais pas ce qui me marquait chez cette femme, mais entre ses cheveux fous, ses vêtements professionnels, son attitude, je la trouvais vraiment délicieuse. J'avais envie d'elle. Je ne pouvais pas m'empêcher de penser à ce dont elle aurait l'air avec cette jupe remontée jusqu'à la taille à l'arrière de ma voiture. D'ailleurs, je me disais que ce serait parfait si ses mains étaient accrochées à l'appuie-tête pendant que je la prenais par-derrière.

Rien que l'autre jour, on avait eu une journée sur l'éthique au travail. Je savais parfaitement que je n'étais pas censé vouloir baiser une femme après avoir répondu à son appel pour un accrochage, mais mon corps se fichait bien de l'éthos. D'habitude, je trouvais notre séminaire annuel d'éthique au travail complètement ennuyeux. Mais en même temps, je n'avais jamais eu envie de sauter quelqu'un que j'avais rencontré dans un contexte officiel, sous ma casquette d'agent de police à Seattle. Je m'arrêtai un moment quand j'arrivai derrière ma voiture. Je regardai mon téléphone bêtement et regardai mes e-mails. Je ne pouvais pas rester là pour toujours. Je rangeai mon téléphone dans la poche de ma chemise et fis le tour de la voiture, m'installant sur le siège conducteur.

Les yeux curieux de Jana faisaient le tour de tout. Mon véhicule de police avait une petite tablette entre les deux sièges et quelques gadgets sur le tableau de bord. Ses grands yeux bleus se posèrent sur moi.

— Waouh. Vous avez tout un tas de trucs ici. C'est génial. Vous pouvez allumer la sirène ? demanda-t-elle.

Je la fixai du regard, forçant ma queue à retomber.

— D'habitude, ce sont les enfants qui demandent ça, réussis-je à dire.

Je me laissai aller à l'envie de rire quand elle sourit. Son sourire me frappa en plein cœur, et envoya une décharge de sang vers mon entrejambe. Sa bouche était large et expressive, ses lèvres étaient rebondies. Elle avait un air candide et joueur. C'était la première femme que je rencontrais depuis des années qui me faisait un quelconque effet.

— Qu'est-ce qu'un flic anglais fait à Seattle ? demanda-t-elle.

C'était une très bonne question. J'avais une réponse toute faite.

— J'ai déménagé ici pour la fac, puis je suis resté.

Ce que je ne racontai pas, c'était qu'à la fac, j'étais tombé amoureux et je m'étais fiancé. J'étais resté fiancé bien trop longtemps, puis trois jours avant le mariage, ma fiancée m'avait quitté. Cette fiancée était la raison pour laquelle j'étais resté à Seattle après la fac. Kristen ne voulait pas quitter Seattle, et je pensais que j'étais amoureux d'elle. Je m'étais retrouvé à travailler pour la police même si ça n'avait jamais été mon but. J'étais une star du foot, à la fac. Soccer, plus exactement pour les Américains. J'étais bien placé pour me faire recruter en tant que joueur pro quand je m'étais blessé gravement dans un accident de voiture. Je m'étais entièrement remis de mes blessures, mais il était trop tard pour recommencer à jouer au niveau pro. Je m'étais tourné vers ma deuxième passion et j'étais devenu policier.

La réponse que j'avais donnée à Jana était une version réellement abrégée des raisons pour lesquelles j'étais resté à Seattle. J'avais une vie ici maintenant, des amis. Ma famille était bien loin à Londres. Mon mariage annulé datait de quatre ans plus tôt, et j'allais bientôt avoir 32 ans. J'étais assez cynique sur toute cette histoire. Je pensais que j'aimais Kristen, et la façon dont elle m'avait quitté m'avait fait mal. Mieux encore, elle s'était tapé l'un de mes anciens amis de fac. Je n'avais jamais vraiment eu envie de sortir avec qui que ce soit depuis, et je ne recherchais que des relations légères.

Jana pencha la tête sur le côté.

— Vraiment ? Seattle est mieux que l'Angleterre ?

Je la fixai un moment, en réfléchissant à sa question. J'aimais bien Seattle, et j'aimais vivre aux États-

Unis. Mais je me disais toujours que j'allais retourner à Londres. Je n'avais jamais vraiment trouvé le bon moment, parce que j'avais une vie chargée. C'était ma seule excuse.

Je lui répondis simplement :

— Seattle est une bonne ville. Vous savez comment va la vie. On va quelque part, et on y reste parfois.

Je regardai Jana, assise à côté de moi, lumineuse, drôle, audacieuse et directe, et je me demandai pourquoi elle allumait cette étincelle en moi. Face à ma réponse plutôt basique, elle hocha la tête.

— Ah, d'accord. Plutôt simple.

Elle leva ses jambes, et mes yeux descendirent automatiquement. J'avais envie de revoir cette soie bleue entre ses cuisses, et j'avais envie de bien plus.

Mes yeux remontèrent, s'arrêtant volontairement sur l'ombre entre ses seins. Bordel. Elle était tellement tentante. Dieu merci, j'étais assis, et il y avait une petite séparation entre nous. Ça cachait sa vue vers mon entrejambe. Autrement, j'aurais du mal à cacher que je bandais sévèrement.

Les yeux de Jana se posèrent sur les menottes accrochées entre les deux sièges.

— Vous installez les gens à l'avant, des fois ? demanda-t-elle.

Elle tendit la main vers les menottes, les soulevant et les caressant du bout des doigts. L'image d'elle qui traversa mon esprit n'était en aucun cas respectable. Je la voyais menottée à mon lit, les mains au-dessus de sa tête. Chaque centimètre d'elle que je n'avais pas vu, à nu pour moi avec ses cheveux bruns et violets ébouriffés contre mes draps couleur crème.

Je déglutis, écartant ces images de mon cerveau et me forçant à répondre à sa question.

— D'habitude, non. Si quelqu'un doit être

menotté, ils sont à l'arrière, expliquai-je en désignant la séparation en métal entre les sièges avant et arrière.

Je réfléchis au fait que j'aurais peut-être dû la mettre à l'arrière. Elle n'était pas facile à gérer. Je tendis la main.

— Quoi ? demanda-t-elle avec un sourire joueur.

— Donnez-moi les menottes.

Je dus me retenir pour ne pas sourire.

— Je ne vais rien faire. Ça ne devrait pas être un problème, si ?

Je levai les yeux au ciel et fis non du doigt.

— Donnez-les-moi, répétai-je.

Avec un grand soupir, elle obéit. Je les accrochai à ma ceinture, où elle ne pourrait pas les attraper.

Chapitre Trois

JANA

Oh. Mon. Dieu. C'était le flic le plus canon de tous les temps, et je ne connaissais même pas encore son nom. Il fallait que je sache.

— Comment vous vous appelez? demandai-je de façon très directe.

Il plissa ses beaux yeux bleus, avec un petit sourire en coin. Wouah. Il était délicieux. J'avais envie de le lécher des pieds à la tête. C'était sans doute parfaitement inapproprié de ma part de fantasmer sur un flic, mais je n'en avais rien à faire. Tout ce qu'il y avait entre nous m'embêtait parce que j'avais envie de lui grimper dessus. De préférence, avec son uniforme. Il était tellement canon dans son uniforme bleu avec ses épaules larges et son torse qui remplissait sa chemise. J'avais pris le temps de regarder son cul musclé quand il était retourné à sa voiture pour écrire le rapport de l'autre con qui m'était rentré dedans.

Quand je lui rendis les menottes, ses doigts frôlèrent les miens et un éclair d'électricité me traversa. Je savais qu'il l'avait senti aussi parce que je vis ses narines bouger.

Il faut que tu arrêtes. Pourquoi est-ce que tu veux toujours sauter les mecs que tu n'as pas le droit de sauter ? Par exemple, le flic qui vient de s'occuper de ton accrochage.

Je ne savais pas ce qui n'allait pas chez moi. J'avais un faible malvenu pour les hommes que je n'étais pas censé désirer. Ça ne m'avait pas posé problème depuis un moment. Pas depuis mon ancien patron, avec qui j'avais fait ma cochonne partout au bureau, d'ailleurs. J'adorais coucher au travail. Mon petit jeu avec mon ancien boss s'était arrêté d'un coup quand j'avais appris qu'il était marié. Il y avait *être cochonne*, puis il y avait *faire quelque chose d'inacceptable*. Coucher avec un homme marié rentrait dans la catégorie de l'inacceptable. Non seulement j'avais été humiliée et mortifiée, j'avais reçu l'étiquette de « maitresse » et ça me faisait me sentir très mal. J'avais perdu mon boulot et ma réputation d'un seul coup.

Et toute cette histoire avait eu lieu alors que ma mère mourait d'un cancer. On pouvait dire que c'était un réel fiasco. Je pensais que je m'étais enfin remise de mon attirance mal placée pour les hommes interdits. Mais apparemment pas.

Alors que Flic Sexy était assis en face de moi – oh mon wouah ! J'avais envie de lui plus que je n'avais jamais eu envie de qui que ce soit. Le simple fait de penser à ce qu'on pourrait faire dans sa voiture me faisait mouiller sur mon siège. Ma culotte était trempée depuis qu'il était monté dans la voiture à côté de moi.

— Finn Connors, dit-il, me rappelant que je lui avais demandé son nom.

— Je suis censée vous appeler agent Connors ou agent Finn ?

Je ne pouvais m'empêcher de sourire parce que tout ça m'amusait. Ses narines réagirent à nouveau, et je regrettais amèrement que cette fichue séparation et tablette soient entre nous. J'avais envie de savoir s'il bandait, parce que j'étais trempée, si trempée que c'était un problème.

— Techniquement, ce serait sergent Finn, mais vous pouvez simplement m'appeler Finn, dit-il avec son accent anglais canon.

Ça ne fit que réveiller les papillons qui flottaient en moi. Ma meilleure amie Zoe était mariée à un Anglais. Zoe était aussi techniquement ma patronne. C'était l'une des rares amies qui m'avait contactée quand ma réputation était partie en fumée à cause de mon patron et du fait que je ne savais pas que j'étais sa maitresse. Ethan Walsh, le mari de Zoe, était un joueur de foot anglais, extrêmement canon, qui jouait pour les Seattle Stars. Il était tombé complètement amoureux d'elle quand elle était devenue son avocate. Je pensais honnêtement qu'il ne restait plus un seul Anglais célibataire à Seattle après ça. Mais apparemment, si. Je prenais ça comme un signe. J'avais envie de conquérir Finn, et j'allais le faire. Même si je ne savais pas exactement comment j'allais me débrouiller.

— Sergent Finn. C'est mieux que juste Finn.

Il sourit de plus belle et secoua la tête doucement.

— Appelez-moi Finn, répéta-t-il.

Je levai les yeux au ciel.

— Pourquoi pas sergent Finn ?

Il rit doucement et détourna le regard, me donnant une vue parfaite sur son profil. Bon Dieu. Cet homme aurait dû être un mannequin. Il avait cet air de dieu grec avec ses pommettes et sa mâchoire.

— On devrait apprendre à se connaitre pendant qu'on attend. Je m'appelle Jana, dis-je, uniquement parce que je voulais qu'il me regarde à nouveau.

Finn tourna la tête au moment où je lui tendis la

main. Il accepta ma poignée de main. C'était génial.
Ce petit courant électrique que j'avais ressenti quand il
m'avait pris les menottes n'était rien comparé à ça. Son
toucher était un éclair en plein centre. Sa main était
chaude et forte. Je sentais la corne sur la surface de sa
paume quand il toucha ma peau, et j'avais envie de
sentir ça sur tout mon corps.

Je n'avais pas envie de le lâcher. Son nom empirait
les choses. C'était tellement sexy, et ça lui allait parfaitement. Alors que j'étais assise là à le fixer du regard, à
me dire que je ne voulais pas lâcher sa main, un gyrophare flasha dans le rétroviseur. La dépanneuse était
arrivée. Face à son sourire, j'arrivai à peine à détourner
le regard. Il relâcha lentement ma main et commença à
ouvrir sa porte.

Les mots m'échappèrent.

— Dinez avec moi.

Il se retourna rapidement, ses beaux yeux bleus me
faisant frissonner.

— Pardon ?

Sa voix me donna la chair de poule.

— Dinez avec moi, répétai-je.

Il me fixa du regard puis secoua la tête lentement.

— Mademoiselle Sparks, commença-t-il à dire,
prenant soudainement un air formel. Je suis un agent
de police. À l'instant, je suis en train de m'occuper de
votre accident de voiture. Ce ne serait pas acceptable
que je prévoie de diner avec vous en même temps.

— D'accord, peut-être pas maintenant, mais plus
tard.

J'étais déçue, vraiment déçue. Il sourit encore une
fois et secoua la tête en sortant de sa voiture, sans
jamais répondre à ma dernière remarque.

———

Le sergent Finn – j'étais obligée de l'appeler comme ça dans ma tête – me déposa au bureau. J'étais déçue que la route soit si courte. Quand le dépanneur en eut terminé avec ma voiture et qu'il repartit avec, me proposant de venir la récupérer en fin de journée, Finn me déposa au bureau en l'espace de quelques minutes. Il avait été occupé à répondre à un appel radio, donc je n'avais même pas eu l'occasion de le draguer pendant qu'il conduisait. J'avais donc pris le temps de prévenir Zoe que je serais en retard. Je passai la porte du bureau, regardant de chaque côté, soulagée de voir que personne n'attendait à l'accueil. J'étais l'assistante juridique et la secrétaire de Zoe Walsh. C'était une avocate pénaliste de renom. On était allées en école de droit ensemble. J'avais arrêté mes études quand ma mère avait reçu le diagnostic de son cancer du sein. J'avais réussi à rassembler les fonds pour passer un certificat d'assistante juridique, mais je n'avais jamais pu terminer mon école d'avocats. L'argent et la vie s'étaient mis sur mon chemin.

Pendant que je m'occupais de ma mère, je m'étais trouvé un poste d'assistante juridique dans un grand cabinet d'avocats. C'était un super poste pour mon CV. J'aurais dû avoir assez de bon sens pour ne pas fricoter avec mon patron, mais je l'avais fait, et vous connaissez l'histoire. Pas la peine de préciser que j'avais perdu mon boulot. C'était un gros cabinet, connu, et ma réputation en avait pris un sacré coup. Peu de temps après ça, ma mère était morte, ce qui avait été incroyablement difficile pour moi. Nous étions proches, et elle me manquait toujours.

Zoe, bonne amie qu'elle était, m'avait contactée quand elle avait ouvert son propre cabinet pour me proposer un poste d'assistante juridique. Elle m'encourageait encore à retourner en école d'avocats pour terminer mon diplôme, donc je pouvais en soi terminer mes études. Je me disais souvent que je le ferais un jour, mais je ne l'avais toujours pas fait. Travailler avec Zoe était un plaisir. Elle ne pouvait pas se permettre de me payer aussi bien que mon ancien boulot, mais même avant que tout ne parte en fumée là-bas, ce n'était pas le meilleur environnement de travail. Les gens gentils ne trouvaient pas vraiment leur place dans l'environnement compétitif que la compagnie encourageait.

Ici, ce n'était que moi et Zoe. J'adorais travailler avec elle et je la respectais énormément. Elle me laissait aussi faire mon boulot comme je l'entendais. La porte de son bureau était fermée quand j'arrivai. Je savais qu'elle avait un rendez-vous, donc je m'installai au bureau de mon petit empire, comme je l'appelais. Je gérais l'accueil et les responsabilités d'assistante juridique, donc j'étais le visage que tout le monde voyait en passant la porte. J'avais un petit bureau derrière le bureau d'accueil, mais je l'utilisais rarement à moins que j'aie besoin de parler avec quelqu'un en privé.

Alors que je n'arrivais à penser à rien d'autre qu'à Finn — son corps sexy, musclé et ses beaux yeux, sa bouche tentante —, je m'installai à mon bureau et me mis à travailler. Je rattrapai les messages vocaux, épluchai les e-mails, puis me mis à travailler sur l'écriture de documents juridiques que Zoe aurait à relire plus tard. Vers l'heure du déjeuner, le client avec lequel elle avait rendez-vous sortit de son bureau. Zoe vint me rejoindre, appuyant ses hanches contre mon bureau.

Zoe était magnifique avec ses cheveux auburn, ses yeux noisette brillants et sa peau claire. Elle était également fine tout en réussissant à maintenir ses courbes. Quand je l'avais rencontrée à la fac, le fait qu'elle ne se rende pas compte à quel point elle était belle m'avait frappée. Quand j'avais appris à la connaitre, j'avais appris qu'elle avait toujours été timide et en retrait au lycée, plus grande que la plupart des garçons. Elle était encore plus grande que certains hommes aujourd'hui, mais elle avait pris confiance en sa beauté. Elle s'était mariée à Ethan Walsh un an plus tôt, une star du foot pour les Seattle Stars. Ethan était un canon pour la majorité des goûts, donc ça nous faisait encore rire de repenser à leur histoire.

J'étais ravie pour Zoe parce qu'Ethan était fou d'elle. Je savais que pour la plupart des gens, elle n'était pas une femme typique. Elle était brillante, dédiée à sa carrière et pas facile à impressionner. Ethan était tombé fou amoureux d'elle. Il essayait actuellement de la convaincre qu'il était temps d'avoir des enfants, mais Zoe ne savait pas encore si elle était prête pour ça. Elle croisa les bras une fois que la porte se referma derrière son client.

— Bon sang, je déteste me retrouver à défendre un idiot, dit-elle avec un soupir.

— Oh ? Donc Carl Chambers n'est pas un client génial ? demandai-je avec un sourire narquois.

Zoe leva les yeux au ciel. Posant le pied sur la chaise en face de mon bureau, elle la tira vers elle avant de s'asseoir.

— Non. Je ne fais que d'essayer de lui dire qu'un délit d'initié est un problème, et qu'ils ont un bon dossier contre lui. S'il avait plus que deux neurones, il passerait un accord pour éviter le procès. Mais il n'est pas encore revenu à la raison. Je dis toujours aux gens qu'un avocat ne vaut que la vérité qu'il offre à ses clients. J'essaie de lui dire la vérité, mais il ne veut pas l'entendre.

— Je t'avais prévenue à son propos, mais tu as dit que tu voulais un challenge.

Zoe soupira à nouveau, prenant un stylo sur mon bureau et le faisant tourner entre ses doigts.

— C'est vrai, et j'aime bien les challenges. Mais là, il est juste énervant et têtu. Carl Chambers est un mauvais client.

— Je t'avais prévenue, répétai-je.

Car c'était vrai. J'avais croisé Carl dans mon ancienne compagnie. Il changeait d'avocat comme de chemise parce qu'il était trop têtu.

Zoe leva les yeux au ciel.

— Je m'occuperai de lui, mais j'aurais dû t'écouter. Bref, qu'est-ce qui est arrivé à ta voiture ? demanda-t-elle.

— Accrochage. Rien d'énorme. Mon pare-chocs a pris un coup, mais ce n'est pas pour ça que je suis autant en retard. Il a fallu qu'on attende une dépanneuse parce que ma jante est tordue et elle a percé mon pneu. L'agent de police a appelé le dépanneur. Le garage m'a dit qu'ils allaient me réparer la roue et le pare-chocs pour ce soir. J'espérais que tu voudrais bien me déposer, tout à l'heure.

— Bien sûr. C'est gentil que la police t'ait appelé le dépanneur.

Je ne pus m'empêcher de sourire. Je n'avais honte de rien quand il s'agissait des hommes.

— Oh, c'était super. Tu ne vas pas me croire, mais le flic était anglais. Il est allé à la fac ici, puis il est resté. Il est délicieux.

Zoe se recula sur sa chaise et sourit, avec un air malicieux.

— Ah, vraiment ? Laisse-moi deviner : tu l'as invité à diner ?

— J'ai essayé ! Il a dit non et a dit que ce serait inapproprié. Mais j'ai son nom, et je vais le retrouver et l'appeler.

Zoe explosa de rire.

À ce moment-là, la porte s'ouvrit et Ethan, le mari de Zoe, arriva. Ethan ne me faisait aucun effet, mais j'étais parfaitement capable de reconnaitre qu'il était beau, et bon sang qu'il était beau. Il avait des cheveux couleur miel, des yeux verts et un corps de rêve. Ce qui faisait sans doute partie des prérequis quand on est sportif professionnel. Ajoutez à cela une fossette adorable, et beaucoup de femmes fondaient à ses pieds. Zoe ne fondait pas, mais elle l'adorait.

Ethan s'avança et déposa un long baiser dans le cou de Zoe. Elle rougit et le repoussa. Il gloussa doucement et s'installa sur la chaise à côté d'elle. Il me regarda et leva le menton.

— Salut Jana. Comment ça va aujourd'hui ?

— Oh, j'ai eu un accrochage et je me suis fait interpeller par un flic anglais canon, annonçai-je.

Ethan sourit pendant que Zoe levait les yeux au ciel.

— De tous les flics de la ville, quelles étaient les probas ? plaisanta-t-elle en regardant Ethan.

Il haussa une épaule doucement.

— Aucune idée, mais je connais un flic anglais.

— Évidemment, tu viens de Londres, dit Zoe.

— Mon amour, je veux dire à Seattle, dit-il en lui lançant un sourire moqueur.

Zoe n'était pas facilement agacée, mais Ethan savait y faire. Le fait qu'il flirtait à chaque fois qu'il ouvrait la bouche la rendait folle.

— Vraiment ? Combien de flics anglais peut-il y avoir à Seattle ? demandai-je.

— Je ne connais que Finn Connors moi, et la seule raison pour laquelle je le connais, c'est parce qu'il faisait du foot à la fac. Il était bien parti pour devenir pro avant d'avoir un mauvais accident de voiture.

Quand il s'en est remis et qu'il était prêt à jouer, c'était presque deux ans plus tard.

— Sérieusement ? demandai-je, sachant parfaitement que c'était forcément le même Finn et absorbant toutes ces informations.

Sa vie avait déraillé de façon spectaculaire.

— Absolument. Finn était un super attaquant, l'un des meilleurs, il aurait sans doute signé avec une bonne équipe. Je ne connais pas tous les détails, mais il s'est cassé les deux chevilles dans cet accident. Ça lui a pris un temps fou pour s'en remettre. Il aurait peut-être pu tenter de revenir, mais un an et demi était passé. Il ne pouvait plus jouer à la fac, c'était trop tard, et c'était fini. Finn est un gars bien. Je bois quelques coups avec lui de temps en temps, quand on se croise.

Mon esprit conjura une délicieuse image de Finn. Ce n'était pas surprenant qu'il soit si musclé. C'était un ancien joueur de foot. Je me demandais ce que ça avait pu lui faire de voir sa carrière partir en fumée comme ça. Ça ne me rendait que plus curieuse à son propos.

Je regardai Ethan.

— Donc tu le vois des fois ? demandai-je. Je ne t'ai jamais entendu parler de lui.

Zoe leva les yeux au ciel, lançant un regard à Ethan.

— Jana le trouve canon, expliqua-t-elle. C'est pour ça qu'elle est aussi curieuse.

Ethan lâcha un sourire.

— Je ne peux pas dire que je le trouve canon, mais j'imagine très bien que tu le trouves à ton goût. Il a été fiancé un moment. C'est pour ça qu'il est resté aux US. Bref, elle l'a largué quelques jours avant le mariage. C'était pas beau à voir. Je ne connais pas Finn assez bien pour savoir comment ça s'est passé, mais il parait qu'il avait le cœur brisé. Je suis surpris qu'il soit encore à Seattle.

J'eus immédiatement envie de détruire la femme qui avait largué Finn. Quelle idiote peut laisser tomber un homme pareil ? Mis à part le fait qu'il était si canon que j'avais envie de le manger, il avait l'air gentil. Et je n'aimais pas voir des gentils se faire maltraiter.

— Donc tu le vois des fois ? répétai-je.

Ethan secoua la tête.

— Pas vraiment.

Je m'adossai à ma chaise en soupirant. J'espérais trouver une ouverture. Mais pas de bol. Pas grave.

Zoe secoua simplement la tête.

— Je suis sûre que tu vas le retrouver, dit-elle en se levant de sa chaise.

Ethan se leva avec elle et passa son bras sur sa taille pour la tirer vers lui. Il était très tactile avec elle, et j'adorais voir ça parce que ça voulait dire qu'il était fou d'elle. Ils partirent ensemble déjeuner, et je me tournai vers mon ordinateur, déterminée à retrouver Finn Connors.

Chapitre Quatre

FINN

Environ une semaine après ma rencontre avec la délicieuse Jana, je passai la porte du Desert Isle Coffee, l'un des cafés que je fréquentais à Seattle. Pour être honnête, j'avais passé la semaine à penser à Jana. En termes de fantasme, elle se créait un nid dans mon cerveau. Depuis que Kristen et moi avions rompu, j'étais assez cynique à l'idée de sortir avec qui que ce soit. Ce n'était pas un vœu de célibat. Je n'étais pas assez bête pour ça, mais je restais dans la zone légère quand il s'agissait de ma vie romantique. Dans les rencontres que j'avais faites dans ma vie et mon boulot, Jana se démarquait du lot en étant la seule femme à qui je ne cessais de penser.

Je ne cessais de me demander si j'aurais dû avoir une réponse ferme quand elle avait essayé de m'inviter à diner avec elle. J'aurais adoré sortir avec elle, et j'adorerais faire plus que simplement fantasmer sur ses délicieuses courbes. Je fis la queue, passant ma main dans mes cheveux mouillés. Il pleuvait, ce qui n'était pas surprenant à Seattle. Je venais de terminer un service de nuit. Un ami avait eu besoin d'un remplacement, donc j'avais pris son service et j'étais maintenant en chemin vers mon service de jour. Je travaillais sans doute plus que de raison, mais c'était la vie. Au bout du compte, bien que je n'avais pas pu me lancer dans mon job de rêve, j'étais plutôt heureux dans mon boulot. Quand j'étais môme à Londres, j'avais deux carrières en tête : policier ou footballeur. Comme mon accident de voiture m'avait retiré la possibilité de jouer au foot au niveau pro, j'étais satisfait en tant que policier.

Alors que je faisais la queue, quelqu'un me toucha l'épaule. Je regardai derrière moi et trouvai Jana. À la seconde où mes yeux se posèrent sur elle, un éclair d'électricité me traversa. Bordel. Sa simple présence était une dose de luxure dans mes veines. Ses cheveux avaient maintenant une couche de rose qui se mélangeait aux mèches violettes et à son brun naturel. Ses cheveux étaient humides et ses yeux bleus brillaient. Elle me fit un large sourire.

— Je suis trop contente de vous avoir trouvé ! s'exclama-t-elle.

Son sourire était irrésistible. Mon corps se tendit et ma queue sursauta.

— Bonjour Jana, dis-je en hochant la tête. Comment allez-vous ?

— Super, maintenant. J'ai essayé de vous retrouver toute la semaine, dit-elle en s'approchant de moi et en parlant sur un ton de conspiration.

Je me penchai en avant, son odeur arrivant jusqu'à moi. Elle sentait la fraise, ce qui lui allait parfaitement, étrangement.

— Vous avez essayé de me trouver ? demandai-je d'une voix basse.

Elle hocha la tête, ses longues boucles d'oreilles argentées se balançant avec sa tête.

— Oui. Maintenant que nous en avons terminé avec cet accrochage, vous êtes un simple flic, et on peut diner ensemble.

Elle annonça ça en s'attendant clairement à ce que j'accepte. Et je me surpris en le faisant.

— J'imagine qu'on peut, oui. Quand ?

Elle sourit de plus belle et ma queue sursauta à nouveau. Bordel. Elle me faisait un effet fou, et je n'arrivais vraiment pas à comprendre pourquoi. Elle était brute, folle, drôle et mignonne. Outre le fait que mon corps avait sa propre idée sur la question, elle était fun. Je ne pouvais pas dire que j'avais passé beaucoup de temps avec elle, mais je m'étais amusé à chaque instant.

Jana pencha la tête sur le côté, enroulant une mèche de cheveux rose sur son doigt et tapotant son autre index sur son menton.

— Eh bien, c'est jeudi. On pourrait se dire demain, parce que ce sera vendredi ?

— Vendredi vient après jeudi. Toutes les semaines, répondis-je.

Elle sourit encore plus et gloussa.

— C'est vrai. Heureuse que tu le notes. Je te tutoie. Alors, qu'est-ce que tu en dis ? On dine ensemble demain ? Je viendrai te chercher, proposa-t-elle.

— Non, je viendrai te chercher, rétorquai-je.

Je ne pouvais pas prétendre réfléchir avant de parler.

Elle soupira longuement.

— D'accord, mais est-ce que tu peux venir me chercher dans ta voiture de police ?

Je secouai la tête, retenant l'envie d'exploser de rire.

— Non, c'est pour le boulot.

— On peut faire comme si tu m'arrêtais et dire que c'est pour le boulot, ajouta-t-elle joyeusement.

Je ne pouvais m'empêcher de rire plus longtemps.

— Ce n'est pas du boulot. Je viendrai te chercher dans ma voiture à moi. Dis-moi simplement où.

Elle sortit son téléphone de sa poche.

— Donne-moi ton numéro. Ton numéro perso, dit-elle en arquant un sourcil et avec un sourire coquin. Je t'enverrai mon numéro et mon adresse. Tu sauras exactement où me trouver. Et vu que tu conduis, je choisirai le resto et l'heure.

Je haussai les épaules, toujours un peu surpris d'avoir accepté tout cet échange, mais je semblais incapable de réveiller mon esprit cynique.

— Ça marche. Dis-moi où et quand.

— Ton numéro d'abord, s'il te plait.

Je lui récitai rapidement et elle le nota sur son écran. Puis elle me donna un petit coup à l'arrière de la jambe avec son genou. Ma confusion dut se voir sur mon visage.

— C'est à toi, expliqua-t-elle.

Bordel. Jana m'obnubilait tellement que j'avais oublié que je faisais la queue, et où j'étais. J'avais également oublié que j'étais mort de fatigue et que je m'apprêtais à me lancer dans un autre service. Je me retournai rapidement et m'avançai vers le comptoir, commandant un café et disant au barista que j'allais payer le café de Jana aussi. J'avais envie de m'asseoir avec elle et de prendre un café, mais je savais que ce serait dangereux. Je ne pus m'empêcher de rire un peu de moi-même. C'était déjà assez dingue que j'accepte de diner avec elle.

Après qu'on eut chacun récupéré nos cafés, je me tenais à côté d'elle pendant qu'elle ajoutait un peu de lait dans le sien.

— Réponds à mon texto, dit-elle, sorti de nulle part.

Je sortis mon téléphone et vis son message.

C'est Jana !

Je crachai presque mon café en voyant ce qu'elle avait envoyé après. Elle m'avait envoyé une photo du gâteau en forme de pénis.

Quand je levai la tête, elle avait si fière d'elle que je ne pouvais que secouer la tête.

— Oui, je l'ai remarqué l'autre jour. C'est toi qui l'as fait ?

Elle sourit et secoua la tête.

— Nan, mais ça m'a fait rire. Je me suis dit que tu aimais peut-être rire aussi.

Même si ses mots étaient légers, le sentiment qu'ils transmettaient me toucha. Elle semblait réellement vouloir me donner une raison de sourire. Je reculai mes épaules, sans trop savoir quoi faire de cela.

— C'est toujours bon de rire, dis-je, de façon un peu niaise.

J'essayai de me secouer pour réussir à me concentrer.

— Alors, où et quand ?

— Je t'enverrai un texto plus tard. Ce sera une surprise.

Mon talkie-walkie prit du service pile à ce moment-là, appelant un agent pour quelque chose non loin.

Jana se pencha vers moi, me murmurant à l'oreille.

— Je peux venir avec toi ?

Je la regardai, résistant à l'envie de sourire, ce qui me ferait immédiatement perdre cette bataille. Je réussis à secouer la tête.

— Non. Donne-moi les détails par texto, et je te verrai demain.

Sur ces mots, j'attrapai mon café. Alors que je me retournais, elle se mit sur la pointe des pieds et m'embrassa sur la joue. Ce petit point de contact fut comme un coup de tonnerre dans mon corps.

———

Plus tard cet après-midi-là, je me garai derrière un autre accrochage, en centre-ville de Seattle cette fois. Je gérais les patrouilles de la partie médico-légale dans les dossiers de violence conjugale. En tant que sergent de ma brigade, j'aimais avoir de la variété et de la flexibilité. Alors que je sortais de ma voiture, mon esprit revint au dernier accrochage dont je m'étais occupé. Je n'avais jamais imaginé qu'un accrochage pourrait faire naitre tant de fantasmes. La présence de Jana avait rendu cet incident mémorable. Elle était tatouée dans mon cerveau. L'accident dont je m'occupais aujourd'hui était plus banal. C'étaient deux hommes aux volants, prêts à se battre. Il n'y avait rien de drôle, pas de femme audacieuse et attachante avec des cheveux roses et violets pour illuminer ma journée.

J'avais regardé cette image de gâteau pénien plusieurs fois aujourd'hui, et il était impossible de la regarder sans rire. J'étais soulagé d'avoir eu assez de bon sens pour ne pas lui donner mon numéro de boulot. Je m'occupais des papiers habituels qui allaient avec ce genre d'accident. J'avais fini par donner une contravention à chacun des gars parce que le gars qui s'était fait rentrer dedans avait menacé de frapper l'autre. Sacré après-midi.

Je rentrai au commissariat plus tard, prêt à terminer mon second service. J'étais fatigué et prêt à aller me coucher. Je m'occupai de deux ou trois choses sur le système informatique rapidement puis me dirigeai vers les vestiaires pour y laisser mon équipement. Eli Phillips était installé dans la cuisine, en train de boire une tasse de café en lisant le journal. Je m'installai en face de lui et lui lançai un regard.

— Quoi de neuf, mec ? demandai-je.

Eli leva les yeux et me lança un sourire. Ses yeux bleus se plissèrent tandis qu'il passait une main dans ses cheveux brun foncé.

— Oh, tu sais, une journée ennuyeuse. Et toi ?

Je haussai les épaules. Ma réponse était plus automatique qu'autre chose.

— Pareil. Rien de hors du commun.

Sauf si je comptais Jana. Mais je n'allais pas parler de Jana avec Eli.

— Comment va Beth ? demandai-je, en parlant de la petite amie d'Eli, avec qui il était depuis longtemps.

Eli tapota ses doigts sur la table et prit une gorgée de café avant de répondre.

— On a rompu.

— Oh ?

J'étais surpris de l'entendre. Eli était ma définition d'un homme américain. Il avait les cheveux courts, était rasé de près et beau gosse. Il aimait regarder le sport à la télé et aimait les hamburgers et les frites. Il était un peu plus intelligent que le cliché. Il était plutôt malin et s'était retrouvé dans l'équipe médico-légale juste après l'école de police. Il semblait plus qu'heureux de continuer à sortir avec Beth. Je m'attendais même à ce qu'ils se fiancent d'un jour à l'autre et qu'ils finissent heureux et mariés bientôt. En voyant mon air surpris, il passa sa main dans ses cheveux et s'adossa à sa chaise.

— Pourquoi est-ce que tout le monde a l'air si surpris ? demanda-t-il.

Je l'observai un moment.

— Je pense que c'est parce que vous vivez ensemble depuis quelques années, et que vous aviez l'air heureux.

Eli haussa les épaules.

— Ouais, j'imagine qu'on avait l'air, dit-il enfin.

— Ça va ?

Il termina son café avant de se lever pour aller remplir sa tasse sur le comptoir. Il se servit un autre café et me jeta un coup d'œil.

— Tu en veux un ?

Quand j'acquiesçai, il me servit une tasse avant de revenir à table. Il me tendit mon café. Le café de la salle de pause n'était vraiment pas exceptionnel, mais il y avait bien pire. Seattle était une capitale du café, c'était le lieu de naissance de Starbucks et de bien d'autres cafés locaux, ce qui offrait une source intarissable de bons cafés. La qualité au commissariat dépendait surtout de qui l'avait fait.

Je pris une gorgée et fus ravi de découvrir que la personne qui s'était occupée de cette tournée était une experte. Il était très bon.

Je regardai Eli.

— C'est toi qui l'as fait ?

Il me lança un sourire et un clin d'œil.

— Yep.

— Enfin bref, ça va aller mec ?

Je répétai ma question.

Il hocha la tête, tapotant des doigts sur la table à nouveau.

— Ouais. Je n'ai pas le cœur brisé, et c'est honnêtement pour ça que je l'ai quittée.

Je penchai la tête sur le côté.

— Qu'est-ce que tu veux dire ?

— Je ne sais pas. On s'éloignait de plus en plus. Il n'y avait jamais vraiment eu d'étincelle entre nous. Je ne sais pas si je veux me poser, ni si je veux fonder une famille. Et elle en parlait tout le temps, et moi je ne voulais pas m'engager. Si je veux donner de mon temps et de mon énergie à quelqu'un, il faut que ce soit quelqu'un qui me brise le cœur quand on se sépare.

— Qu'est-ce qui t'a fait réaliser ça ? demandai-je.

— Elle s'est énervée à cause d'un truc. Ce n'était rien de grave. Mais ensuite elle m'a dit que je m'en ficherais complètement si elle me quittait.

Il se tut pour prendre une gorgée de café avant de reprendre.

— J'y ai réfléchi, et ce n'est pas que je m'en fiche. Ça me fait quelque chose, mais elle avait raison. Ça ne m'aurait pas tué, et je vais bien.

— Comment va Beth ?

Il se tut un moment.

— Je crois que ça va. Sa fierté en a pris un coup, mais honnêtement, elle n'est pas dévastée non plus. Je lui souhaite de trouver ce qu'elle veut, et je crois qu'on arrivera à être amis avec un peu de temps.

Je pris une autre gorgée de mon café et me reculai dans ma chaise. On resta silencieux quelques instants, en buvant nos cafés.

Eli reprit la parole, sa voix me tirant de mon rêve éveillé à propos de Jana. Car, honnêtement, c'était la seule chose qui m'occupait l'esprit quand j'avais un moment de libre depuis une semaine. Elle s'était implantée dans mon cerveau comme un drapeau sur la lune.

— Tu étais dans quel état quand Kristen et toi avez rompu ? demanda-t-il.

Je le regardai et ris doucement, avec une pointe d'amertume.

— Je ne peux pas dire que notre rupture soit venue de nous deux, reconnus-je.

Il leva les yeux au ciel.

— C'est vrai, mais quand même ?

Je réfléchis à sa question, et à ce que je savais de l'amour à cette époque de ma vie. Je pensais que j'étais amoureux de Kristen. Mais on était jeunes. On s'était rencontrés à l'université, bon sang. Maintenant que j'avais presque 32 ans, j'avais l'impression de me voir encore adolescent à 20 ans. Je pris une inspiration et soupirai.

— Je pense que je peux dire que j'étais plus triste que toi maintenant. En y repensant, ce qui m'a énervé était la façon donc c'est arrivé. Je crois qu'elle savait depuis longtemps qu'elle voulait que ça s'arrête. Elle aurait pu dire quelque chose au lieu de me faire marcher, dis-je enfin.

Ce que je ne dis pas à voix haute était ce à quoi j'avais réfléchi de nombreuses fois. Que tout avait commencé à changer à partir de mon accident de voiture. On s'était mis ensemble quand j'avais une bourse d'études pour mes prouesses en football à l'université de Washington. Elle adorait les matchs et la vie qui allait avec. Après mon accident, tout a changé. Elle m'a soutenu, ce n'était pas le problème. Elle m'a aidé avec ma rééducation, elle m'emmenait de rendez-vous en rendez-vous pendant la période où je ne pouvais pas conduire et ce genre de choses. Mais elle était plus froide. En y repensant, elle ne savait surement pas quoi faire parce que ça devait être gênant d'avoir cru qu'elle était peut-être tombée amoureuse de moi à cause de mon style de vie et de ce que j'aurais pu lui offrir à l'avenir.

Ce qu'elle ne savait pas, c'était que j'avais largement assez d'argent. J'avais ce qu'il me fallait, et ça n'avait rien à voir avec ce que je choisissais de faire de ma vie aujourd'hui. Je savais qu'une vie sans mission me rendrait fou, donc j'avais choisi l'école de police. Mon père travaillait dans les banques à Londres et avait connu beaucoup de succès dans sa carrière. Kristen le savait, mais je ne pensais pas qu'elle savait à quel point ma famille était riche. Mes parents vivaient une vie plutôt simple. Oh, ils étaient à l'aise, mais ils ne se donnaient pas en spectacle. J'avais été élevé à l'anglaise, dans une culture où on ne parle pas d'argent et où on ne montre pas sa fortune. Je n'avais donc pas fait le choix de la corriger sur mon statut après mon accident. Je n'avais pas accès à mon héritage anticipé avant mes 35 ans. Je m'étais dit – et avec le recul, j'avais eu raison – que je ne voulais pas que mon argent soit la raison qui la ferait rester avec moi.

Alors que mes pensées revenaient à la question d'Eli, je haussai les épaules.

— Je crois, mais être amoureux quand on a la vingtaine et être amoureux aujourd'hui, c'est pas la même chose.

Il hocha la tête puis haussa un sourcil.

— Comment tu peux savoir ce que ça fait d'aimer quelqu'un aujourd'hui ? demanda-t-il avec un petit rire.

— J'avoue. Bonne question.

Jana s'infiltra à nouveau dans mes pensées.

— Tu vois quelqu'un en ce moment ? demanda-t-il.

Ma réponse automatique était non. J'hésitai à parler de mon rendez-vous de demain avec Jana, mais je ne savais pas ce que ça voulait dire pour moi. Donc je secouai la tête et pris une gorgée de café. Notre conversation fut coupée court par d'autres gars qui débarquèrent dans la salle de pause.

Je me dirigeai vers ma voiture, enfin prêt à aller me coucher. Je m'arrêtai pour jeter un œil à mon téléphone quand il vibra dans ma poche, me rappelant que je n'avais toujours pas lu quelques messages arrivés plus tôt. À part avec ma famille et quelques amis d'ici, je n'étais pas vraiment du genre à textoter. Ma mère me parlait poliment de la météo et me demandait comment j'allais. Mes amis m'écrivaient pour voir à quelle heure je passais et ce genre de choses. Je n'attendais jamais quoi que ce soit de surprenant avec un SMS.

Je regardai mon écran et vis un message de Jana.

43 Castle Street

Mon appartement est à l'étage.

18 h.

Plutôt normal. Mais après ça il y eut une photo. C'était le gâteau pénis sous un autre angle que celui que j'avais vu sur son téléphone. Cette fois, il était dressé sur la table. Je ris si fort que j'en pleurai presque. Quand je repris enfin mon souffle, je regardai autour de moi, réalisant que j'étais assis seul dans ma voiture à me tordre de rire en regardant une photo d'un gâteau. Je m'adossai à mon siège, encore un sourire aux lèvres. Je ne savais pas comment Jana savait qu'il me fallait plus de rire dans ma vie. Elle était une bulle de joie... Et terriblement sexy. Son visage apparut dans mon esprit, avec ses cheveux sombres et colorés, ses grands yeux bleus et son sourire un peu tordu. Ses lèvres étaient roses et gonflées, tellement tentantes.

Je mis le contact et me dirigeai vers chez moi. Ce ne fut qu'une fois chez moi que je réalisai que je n'avais pas répondu à son message. Je m'arrêtai dans la rue avant de rentrer chez moi pour répondre.

Je serai là. 18 h.

Je ne savais même pas comment répondre au gâteau pénis.

Je vivais dans une jolie maison près du Puget Sound. C'était une zone résidentielle agréable avec une belle vue. J'avais déménagé ici après ma rupture avec

Kristen. J'entendis l'écho de mes pas quand je marchais sur le parquet de chez moi. C'était une belle maison de ville. Je pourrais sans doute la mettre plus en valeur. La déco était simpliste. Ma petite sœur était venue me rendre visite quand j'avais déménagé. Toutes les touches chaleureuses venaient d'elle. La maison avait un beau parquet et un plafond haut. Après l'entrée, il y avait une cuisine cachée derrière une arche, qui s'ouvrait ensuite sur le salon. Les fenêtres donnaient sur le Puget Sound au loin. Un grand fauteuil et un canapé assorti vert sauge, avec un large repose-pied, trônaient en plein centre du salon. Ma sœur Sarah avait acheté des plaids colorés qui étaient éparpillés partout dans la pièce.

Un couloir menait à trois chambres. C'était parfaitement absurde que j'aie une maison si grande, mais je n'avais pas les idées particulièrement claires quand j'avais déménagé ici. Je retirai mes chaussures et posai mes clés dans un petit bol en verre sur la table à côté de la porte de la cuisine. Le son retentit dans ma maison vide. Je ne pensais pas souvent au fait que je vivais seul, mais à l'instant, cette réalité me frappa en plein ventre. Je regardai autour de moi, m'imaginant ce que ce serait de vivre ici avec Jana. Je me secouai mentalement. Je ne savais pas ce qui me prenait. J'avais le droit de diner avec elle, et j'avais le droit de coucher avec elle, mais espérer plus était une folie.

FINN

Le lendemain soir, je m'engageai dans Castle Street, cherchant l'appartement de Jana des yeux. Il avait à peine plu aujourd'hui, et le soleil jetait un air doré sur Seattle. Mon regard se posa sur une maison style bungalow. Le rez-de-chaussée avait un large porche. Quand je vis les marches sur le côté de la maison, je supposai que c'était l'entrée de son appartement puisque son message disait qu'elle vivait à l'étage. Même les escaliers avaient la touche excentrique de Jana. Chaque marche était ornée d'une fleur peinte en plein centre. Je frappai à la porte, ignorant la tension dans mon corps.

J'étais sorti avec quelques femmes, assez rarement. Mais je n'avais jamais fréquenté quelqu'un qui m'inspirait autant d'anticipation. Quelques secondes plus tard, Jana ouvrit la porte. Un regard suffit à me submerger de luxure. Ses cheveux étaient remontés en un chignon avec de petites mèches s'échappant pour encadrer son visage. Elle portait des boucles d'oreilles en argent qui se balançaient avec ses mouvements. Elle ne portait pas de maquillage à part un rouge à lèvres rose discret. Ses lèvres étaient brillantes et si tentantes, il me fallut toute ma force pour ne pas l'embrasser sur place.

— Salut Finn ! Entre, entre, dit-elle avec un grand sourire, me faisant signe de la suivre.

J'entrai dans une très grande pièce qui contenait presque tout l'appartement. C'était un salon, une cuisine et une salle à manger. La cuisine était contre le mur avec un ilot central qui faisait face au reste de la pièce. Une table ronde en bois, entourée de chaises, était tout près de l'ilot. Le salon avait un canapé courbé et il y avait des tapis colorés partout sur le parquet. Il y avait de nombreuses plantes, qui donnaient un air vivant et chaleureux à tout l'espace. En voyant les rubans rouges et les guirlandes lumineuses qui encadraient les fenêtres, je me souvins que le mois de décembre approchait à grands pas.

Jana portait une jupe noire élastique qui épousait ses fesses rondes et des collants en laine noire. En plus de ça, elle portait un chemisier large qui se balançait avec ses hanches. Elle se tourna vers moi et le bas de sa jupe dansa légèrement. Son décolleté s'arrêtait juste au-dessus de ses seins, en un petit nœud. Au moment où mes yeux se posèrent sur ce nœud, j'eus envie de le défaire. De préférence avec mes dents. Le tissu était légèrement transparent. Pas assez transparent pour que je voie quoi que ce soit, mais juste assez transparent pour me rendre fou. Une paire de bottes de cowboys noires complétait l'ensemble, ce qui lui allait parfaitement. Elle avait un ensemble de bracelets qui sonnaient à son poignet alors qu'elle s'arrêtait pour caresser un gros chat gris.

— Voici Smokey, annonça-t-elle. Ce n'est pas le chat le plus avenant du monde.

Super. Un chat hostile. Mon chat d'enfance était

surtout connu pour toutes les traces de griffures qu'il nous avait laissées. Je hochai simplement la tête. Avant que j'aie l'occasion de dire autre chose, Smokey sauta sur moi de son perchoir à l'arrière du canapé. Par réflexe, je l'attrapai. Pendant un instant, je crus qu'il allait me cracher dessus. Il me fixa du regard, de grands yeux gris sombre observant mon visage, puis il se blottit contre mon torse et se mit à ronronner.

Chapitre Six

JANA

J'attrapai mon sac à main sur le comptoir et me tournai vers Finn. Smokey était blotti contre son torse à ronronner comme un fou. Je me mordis la lèvre pour me retenir de rire, ne serait-ce que parce que Finn avait l'air un peu bloqué.

— Eh bien, on dirait qu'il t'aime bien. Une victoire, dis-je enfin.

Comme s'il avait soudainement réalisé qu'il se donnait en spectacle, Smokey sauta des bras de Finn pour aller s'installer à la fenêtre. Je n'avais pas réalisé que j'espérais secrètement que Finn porterait son uniforme. Je ne savais pas ce que ça disait sur moi, même s'il fallait que j'admette qu'il était tout aussi délicieux en jean noir délavé, avec ses jambes musclées collées au tissu, et sa chemise un peu large. Ses épaules la remplissaient joliment. Mais je me disais que ses épaules remplissaient sans doute toutes les chemises comme ça. Ses cheveux lisses bruns étaient humides, comme s'il venait de se doucher, et ses yeux bleus brillaient.

J'adorais le fait qu'il semble toujours plus ou moins

mal rasé. J'avais envie qu'il griffe ma peau un peu partout. Je le regardai observer mon appartement, ses yeux arrivant enfin jusqu'à moi au bout d'un moment. Quand ils atterrirent sur moi, j'eus l'impression que l'air s'enflamma. Un frisson courut le long de mon dos, et je tremblai de façon presque visible.

J'essayai de me souvenir de la dernière fois que j'avais trouvé un homme aussi attirant. J'étais la première à admettre que j'adorais draguer, et j'adorais admirer les hommes. Je ne sortais plus beaucoup ces derniers temps, presque plus du tout depuis ce qu'il s'était passé avec mon ex-patron. Oh, ce n'était pas la seule chose à avoir ruiné ma vie amoureuse. C'était arrivé quand ma mère se battait contre son cancer du sein. Après qu'elle avait perdu sa bataille, j'avais fait une dépression et je n'avais plus d'argent parce que je cherchais encore un travail. La dernière chose dont j'avais envie était de sortir avec quelqu'un. J'avais réussi à remonter la pente après la mort de ma mère, mais je ne m'étais pas vraiment relancée dans les aventures amoureuses. J'aimais toujours draguer et j'admirais les beaux hommes autant que les autres femmes. Quoi que ça veuille dire.

Je trouvais ça terriblement drôle de me retrouver à trainer avec une équipe pleine de canons, chez les footeux des Seattle Stars. Comme Zoe était mariée à Ethan, j'avais appris à connaitre ses amis aussi. Aucun de ces hommes avec leurs propres fan-clubs ne me faisait de l'effet. J'étais capable de les admirer objectivement, mais personne ne me faisait l'effet que Finn me faisait.

Pas depuis mon ex-patron. J'essayai de me souvenir de ce que je ressentais pour mon patron. Le trouvais-je attirant ? C'était difficile à dire. L'ambiance secrète d'une romance professionnelle m'avait fait un effet de fou, mais je ne savais pas qu'il était marié. C'était difficile de me rappeler objectivement ce qu'il avait représenté pour moi, ou ce que j'avais ressenti. Presque impossible, car tout avait été gâché quand j'avais appris qu'il était marié depuis le début. Ça m'avait rendu malade d'y penser après les faits. J'avais tellement honte de toute cette histoire, j'étais même allée m'excuser auprès de sa femme. Ils avaient divorcé depuis. Elle avait été plutôt élégante dans cette affaire, et m'avait aussi dit que je n'étais pas la première de ses maitresses. Non pas que j'avais l'impression d'être spéciale, mais ça m'avait fait me sentir encore plus mal pour elle.

En regardant Finn, je lâchai soudainement une question.

— T'es marié ?

Finn écarquilla les yeux. Ethan semblait penser que Finn n'était pas marié, mais Ethan avait aussi dit qu'ils n'étaient pas proches. Après un instant, Finn secoua la tête, l'air surpris par ma question.

— Non, absolument pas.

Un sentiment de soulagement s'empara de moi.

— Désolée si c'était bizarre de demander ça comme ça.

Il me fit un sourire en coin et haussa un sourcil en guise de question.

— Ça paraissait un peu étrange, oui. Tu t'inquiètes souvent que les hommes avec qui tu sors soient mariés ? demanda-t-il.

Je pris une inspiration et soupirai.

— Non. Pas avant, mais je suis accidentellement devenue la maitresse de quelqu'un, une fois. Ça fait un moment, mais c'était une horreur et je me suis sentie très mal, expliquai-je.

Finn se tenait à côté de l'ilot de cuisine et y appuya son coude.

— Comment ça, accidentellement ? demanda-t-il.

— Oh, ça parait bizarre, mais c'était un accident parce que je ne savais pas qu'il était marié. Il n'avait pas pensé à me mentionner ce détail très important. C'est ça que j'entends par accidentellement.

Son expression se détendit.

— Compris. Bon à savoir que ce n'est pas une chose que tu as recherchée, j'imagine.

Je secouai rapidement la tête.

— Oh, non. C'était horrible, ça a ruiné ma réputation et tout.

Je secouai la main nerveusement.

— Je suis contente que tu ne sois pas marié. On y va ? demandai-je, m'avançant vers lui, mes bottes de cowboy frappant le parquet.

Quand j'arrivai près de lui, je sentis son odeur. Oh mon Dieu, il était enivrant. Il avait une odeur fraiche avec une pointe de pluie. Y avait-il quoi que ce soit chez lui qui n'était pas presque parfait ?

J'oubliai que je lui avais posé une question quand il acquiesça.

Ah oui, je lui avais demandé s'il était prêt à partir.

— Tu ne m'as toujours pas dit où on va, commenta-t-il, un tout petit sourire perché sur ses lèvres.

Mon ventre vibra en réaction immédiate.

— Ah oui, c'est une surprise, réussis-je à dire, d'une voix légèrement rauque.

Il se redressa et s'écarta du comptoir.

— Comment suis-je censé conduire si je ne sais pas où on va ? demanda-t-il alors que l'autre côté de sa bouche formait un sourire.

J'avais envie de l'embrasser comme une folle, mais

j'allais me forcer à attendre. L'anticipation était trop délicieuse.

— Allez, allons-y, dis-je en passant devant lui.

Il me suivit, me rattrapant pour m'ouvrir la porte. Il était très poli, ce qui ne me surprenait pas du tout. Je passai devant dans les marches, me demandant s'il ressentait ne serait-ce qu'une fraction de ce que je ressentais face à lui. Quand j'arrivai en bas des marches, je regardai par-dessus mon épaule et mes yeux se posèrent sur son membre, par pure chance. J'en voyais la forme à travers son jean. Ah, bien. Étant donné que ma culotte était déjà trempée, j'étais contente de voir que sa queue était dure.

Je ne dis rien. Je le regardai simplement et lui souris. On marcha sur le trottoir jusque devant la maison, où je découvris qu'il conduisait une voiture de sport. Ça lui allait à la perfection. Il m'ouvrit la porte et attendit que je sois assise pour fermer la porte et faire le tour de la voiture.

Même ses mains m'excitaient. Il avait son poignet posé sur le volant. Une cicatrice courant à l'arrière de sa main, ses doigts étaient longs, musclés et légèrement marqués. J'imaginais que jouer au foot avait aidé ce corps parfait. J'avais envie de lui parler de sa carrière de footballeur, mais je savais que ça lui mettrait la puce à l'oreille sur le fait que je m'étais renseignée sur lui, alors je me tus.

Après avoir mis le contact, il me regarda.

— Où va-t-on, ma belle ?

Oh, waouh. Mon ventre se contracta et une chaleur envahit mon corps. Il avait le droit de m'appeler « ma belle » autant qu'il voulait.

— On va dans un teppanyaki.

— Et ça se situe où ? rétorqua-t-il avec l'un de ses sourires en coin dévastateurs.

J'avais envie de continuer à lui poser des questions, mais je savais que je n'en aurais jamais assez. Je me fichais du sujet. J'avais juste envie de l'entendre parler. Je récitai l'adresse puis me lançai dans un interrogatoire.

— Donc tu viens d'où au Royaume-Uni ?

— Londres, répondit-il rapidement.

— Je ne suis jamais allée à Londres, c'est comment ?

Il haussa un petit peu les épaules.

— C'est Londres. Je crois que toutes les villes ont des choses en commun. L'énergie, la masse de gens. Londres est assez différent de Seattle, évidemment. La ville est plus vieille, chargée d'histoire. Quand je suis arrivé aux US, c'est une des choses qui m'a plu à Seattle. Y a une atmosphère légère, et jeune. En termes de villes, c'est différent de Londres sur ce plan-là, mais il y a des choses qui me manquent quand même. Même si je dois avouer qu'on mange mieux ici. Je ne peux pas parler pour tout le pays, mais c'est vrai pour Seattle.

— Seattle adore sa scène culinaire. C'est pour ça qu'on s'appelle une ville de mangeurs, ajoutai-je.

Son petit rire me fit frissonner à nouveau. Je frottai mes cuisses, pour essayer de ralentir l'envie qui montait en moi. Un trajet en voiture avec lui était si délicieux. Je me demandai si j'avais perdu la tête. Je ne savais pas vraiment ce que je faisais, mais j'aimais bien Finn. Il me plaisait vraiment.

———

Il y avait du bruit tout autour de nous : des fragments de conversations, des bruits de couteaux, le son régulier du grill. Je regardai Finn assis à côté de moi. Ce diner avait été une forme assez unique de torture. Doux Jésus. J'avais envie de lui.

J'avais choisi qu'on s'installe devant le grill japonais, le teppan. Alors que le chef cuisinait devant nous, Finn était détendu et m'avait taquinée toute la soirée. Je découvrais qu'une fois sorti de son uniforme, pour ainsi dire, il baissait vraiment sa garde. J'imaginais que c'était qui il était quand il n'était pas tout sérieux et professionnel. Heureusement pour moi, il m'avait expliqué ce que je savais déjà grâce à Ethan. Je ne voulais pas dire quelque chose par accident et révéler que j'avais été trop curieuse. On buvait du saké, et je me forçais à rester au moins à moitié sobre. J'étais déjà dans un sale état avant ça.

J'étais saoule, enivrée par le désir que je ressentais pour Finn. Notre chef nous proposa de nous faire une glace frite, façon tempura, me sortant un peu de ma transe.

— De la glace frite ? répétai-je.

Le chef me fit un clin d'œil et hocha la tête. Je dis bien entendu oui.

Je n'avais jamais mangé ici, mais j'avais entendu dire que c'était amusant. Finn, lui, était déjà venu. J'avais appris qu'il adorait la cuisine et était un compagnon présent – drôle, joueur, attentionné et parfaitement capable de flirter aussi bien que moi. Il n'avait honte de rien et me rappelait un peu Ethan, qui avait réussi à charmer Zoe avec sa drague incessante. Il me raconta quelques histoires amusantes qui dataient de l'époque où il jouait au foot, et semblait un peu prudent quand il abordait son changement de vie.

La disposition du grill teppan faisait qu'il était impossible de manger seuls. Nous étions assis à un large comptoir et des chaises faisaient tout le tour du grill. Un autre couple nous avait rejoints, nous collant dans un coin quand il fallut ajouter une chaise. Être collée à Finn m'allait parfaitement. Plus j'étais proche de lui, mieux je me sentais. Je le regardai.

— J'espérais que tu serais en uniforme, dis-je.

Il sourit.

— Ah tiens ? demanda-t-il.

J'acquiesçai et écartai une mèche de cheveux de mes yeux, la rangeant derrière mon oreille.

— J'adore ton uniforme. Je ne peux pas être la seule femme qui t'ait dit que c'était un bonus, lançai-je.

Il sourit à nouveau. Mon ventre, qui commençait à avoir de l'expérience face à la simple existence de cet homme, papillonna. Notre serveuse arriva, nous servant deux autres coupes de saké. Je pris une gorgée de l'alcool sucré.

— Eh bien, ma belle, je ne porte l'uniforme que quand je travaille.

Je lui donnai un petit coup de genou.

— Mais pourquoi ?

Il leva les yeux au ciel et secoua la tête, prenant une gorgée de saké.

— Techniquement, c'est une règle, expliqua-t-il.

— Et les menottes ? demandai-je.

Ses yeux s'assombrirent. Nous avions passé la soirée à nous draguer comme ça. C'était si délicieux que c'était presque aussi bon que du sexe.

— Il y a une règle là-dessus aussi.

— Explique.

Je lui donnai un autre coup de genou. Je ne pouvais pas résister à l'opportunité de le toucher, même brièvement.

— C'est une règle simple. On utilise l'équipement que la ville nous donne, y compris l'uniforme, seulement à des fins officielles, expliqua-t-il, en énonçant chaque mot.

Son accent anglais sexy me fit frissonner chaudement. J'enroulai une mèche de cheveux sur mon doigt et penchai la tête sur le côté.

— Donc s'il fallait que tu m'arrêtes...?

Il rit.

— S'il fallait que je t'arrête, je ne pense pas que les menottes t'amuseraient autant. Ce n'est pas très agréable. Enfin, peut-être que tu aimerais ça, dit-il en complétant ma phrase.

Ses mots me donnèrent chaud. Je penchai la tête sur le côté.

— Possible.

Je pris une autre gorgée de mon saké au moment où sa paume se posa sur ma cuisse. Son toucher était comme un fer chaud. Bon sang. J'allais avoir des problèmes. Il fallait que je m'inquiète de la vitesse à laquelle je perdais le contrôle. Peut-être. Mais je m'en fichais complètement. Je levai les yeux vers lui. Ses yeux bleus étaient maintenant bleu marine, il y avait une chaleur dans son regard. Mon corps était une cloche qu'il était le seul à pouvoir sonner. La force de son toucher résonna en moi, chaque fibre de mon corps prenait vie et vibrait.

Je bougeai légèrement les jambes, mon corps était en feu sous son toucher. Je mouillais depuis des heures. Cette nuit de drague sans fin ne faisait que m'exciter encore plus. Le simple fait d'être à côté de lui était un préliminaire.

— Tu es sûre que tu veux attendre le dessert ? demanda-t-il en se penchant vers moi, une voix rauque dans mon oreille.

Une chair de poule s'empara de ma peau. Je réussis à acquiescer. Car c'était bien trop amusant. Même si je mourais d'envie de passer à la suite, je ne voulais pas que tout cela s'arrête. À ce moment-là, l'homme du couple qui s'était joint au groupe s'adressa à nous.

— Alors, qu'est-ce que vous recommandez pour le diner ? demanda-t-il.

Je lui jetai un regard.

— Tout est bon.

— Vous diriez pareil ? demanda-t-il ensuite, en regardant Finn.

Finn prit une gorgée de son saké et hocha la tête.

— Tout est absolument délicieux, dit-il, tout en passant ses doigts sur le bord de ma jupe avant de les glisser entre mes cuisses.

Oh. Mon. Dieu. J'allais fondre sur place. Je sentais ma peau rougir. Il fallait que je me force à me concentrer sur l'homme qui continuait de nous poser des questions. Il papotait sans se rendre compte de mon état, tandis que sa femme était silencieuse.

Pendant ce temps, la peau rude de la main de Finn contre l'intérieur de ma cuisse était assez pour me faire jouir sur ma chaise. Mon canal palpitait, et je savais que la soie entre mes cuisses était trempée. Finn réussit à parler comme si de rien n'était, tolérant les questions de l'homme à côté de nous bien mieux que moi. Tout cela pendant que sa main s'avançait doucement entre mes cuisses. Je hurlai presque quand il passa un doigt sur la soie mouillée de ma culotte.

Ce ne fut qu'à ce moment-là que je réalisai l'état dans lequel il était. Son souffle siffla, ses yeux sombres trouvèrent les miens, son regard était si chaud qu'il me brûla presque. Notre glace frite arriva, et j'en mangeai quelques bouchées sans réfléchir avant de demander si on pouvait repartir avec le reste.

Finn me jeta un regard.

— Pas une super idée, ma belle.

Distraite et perdue dans le flou de ses doigts qui jouaient avec moi, je levai les yeux vers lui, sans comprendre ce qu'il voulait dire.

— Pourquoi pas ?

— Ça va fondre, répondit-il d'une voix grave qui me fit à nouveau vibrer de chaleur.

Je regardai mon assiette avant de prendre deux autres bouchées pour la terminer.

— D'accord, j'ai fini, annonçai-je.

J'avais envie de partir, mais je ne voulais pas partir. Je ne voulais pas qu'il arrête de me toucher, mais ce n'était pas une bonne idée de lui grimper dessus, ici. Même si j'y songeais sérieusement.

Je regardai Finn en levant le doigt. Il se pencha vers moi pour que je puisse lui chuchoter à l'oreille.

— Est-ce que tu serais obligé de m'arrêter si je te grimpais dessus tout de suite ?

Je l'entendis déglutir, et j'étais rassurée de voir qu'il était peut-être, peut-être, enfin sur le point de perdre le contrôle.

— Possible, murmura-t-il.

FINN

Par un fichu miracle, je réussis à retirer ma main de ce coin doux, chaud entre les cuisses de Jana et à l'escorter hors du restaurant. Le besoin s'abattait si fort sur mon corps que j'oubliai presque de payer la note. Elle me donna un coup de coude pour m'orienter vers la caisse quand j'étais sur le point de passer devant. Après avoir payé, je pris sa main et sortis du restaurant, fonçant tout droit vers ma voiture. J'hésitai réellement à utiliser mon gyrophare portable pour pouvoir rentrer bien plus vite. Alors que je lui ouvrais la porte de la voiture, je vis passer la soie violette entre ses cuisses quand elle écarta les jambes. Oh merde. J'allais perdre la tête.

Je montai dans la voiture, ajustant mon jean. Ma braguette s'enfonçait dans ma queue. Ce diner avait été une réelle torture. Il s'était mis à pleuvoir et le trottoir brillait sous les lampadaires. Je mis le contact et regardai Jana.

— Chez moi ou chez toi ? demandai-je.

Elle croisa mon regard dans la lumière tamisée de ma voiture.

— Chez toi. J'aimerais voir où tu vis.

J'acquiesçai et me mis en route. Juste quand j'eus enfin l'impression d'avoir repris le contrôle, elle tendit la main et la posa sur ma queue. Mon souffle siffla entre mes dents.

— Je conduis, tu sais, sifflai-je.

Elle rit.

— Ce n'est que justice. Tu as bien failli nous mettre dans l'embarras au restaurant.

Je lui jetai un regard de côté, résistant à l'envie de sourire.

— C'est vrai.

Je conduisis plus vite que de raison dans les rues mouillées de Seattle. Je me garai rapidement devant ma maison et fis le tour de la voiture pour ouvrir la porte de Jana. Il pleuvait maintenant lourdement. Après avoir fermé sa porte, j'enroulai ma main sur la sienne et on courut sous la pluie. Une fois chez moi, je la regardai. Elle ne portait pas de manteau, et maintenant son chemisier était mouillé. Bordel. Ça n'aidait en rien. Le tissu presque transparent était maintenant collé à son soutien-gorge. Je voyais ses tétons à travers les couches de tissu.

J'accrochai mon manteau et retirai mes chaussures. Elle fit de même, retirant ses bottes de cowboy. Le fait qu'elle porte des chaussettes en coton violet avec ses collants ne la rendait que plus mignonne. Elle était une combinaison étrange de sexy comme tout, et excentrique. S'avançant dans ma maison de ville, ses yeux observaient tout l'espace. Elle s'arrêta devant les fenêtres. Les lumières de Seattle brillaient sous la nuit pluvieuse, alors qu'un brouillard montait lentement juste devant les fenêtres.

— Oh, wouah ! Tu as une super vue, commenta-t-elle.

Au-delà des quelques rues qui séparaient ma maison de l'eau, on voyait parfaitement le Puget Sound. Les lumières du port se reflétaient sur l'eau dans un flou huileux. Je m'avançai à côté d'elle, plongeant mes mains dans mes poches.

— C'est sympa, réussis-je à dire.

Son odeur monta jusqu'à moi. Je la regardai.

— Tu sens la fraise.

Elle pencha la tête sur le côté, ses yeux croisant les miens avec ce sourire en coin que je commençais à connaitre.

— J'imagine. Ma crème sent la fraise. Je l'adore.

Ne pas sourire quand je voyais Jana sourire était une impossibilité. Je sentis mon propre sourire s'étirer.

— En effet. Donc, dis-moi, on se prend un petit café et on en reste là ?

Je savais ce que je voulais, et ce n'était en aucun cas un café. J'avais envie de retirer tous ses vêtements et de terminer la nuit en elle. Mais je ne savais pas si c'était ce qu'elle voulait. J'avais l'impression d'aller à mille à l'heure dans ma tête, comme un rocher qui dévalait la montagne, de plus en plus vite. Plus je passais de temps avec elle, plus il était dur de m'imaginer m'arrêter.

Elle secoua la tête rapidement, balançant ses boucles d'oreilles argentées.

— Je ne veux pas de café. Je te veux toi, Finn.

Je perdis le contrôle. Je me forçai à détourner le regard un instant, cherchant mon équilibre. Elle me poussait vers la limite de ma retenue. Je la regardai.

— Sans doute une bonne chose, réussis-je enfin à dire.

— Pourquoi tu dis ça ? demanda-t-elle.

Je me tournai face à elle, levant la main pour écarter une mèche violette et humide de son front et l'enrouler sur mon doigt alors que je m'approchais d'un pas.

— Parce que je te veux aussi, dis-je simplement.

Après une semaine à fantasmer sur elle, deux jours de messages coquins et joueurs et un diner qui n'avait été rien d'autre que des heures de préliminaires, je m'avançai un peu plus près, passant ma main dans ses cheveux avant de poser mes lèvres sur les siennes.

Elle soupira, ouvrant immédiatement la bouche. Parfait, vraiment parfait. Je plongeai ma langue dans sa bouche, ma main s'emmêlant brutalement dans ses cheveux. Elle était parfaitement contre moi. Ses seins étaient collés à mon torse quand je libérai ma main de ses cheveux pour caresser son dos et prendre ses fesses pour la pousser contre ma queue. Elle gémit dans notre baiser.

J'avais perdu la tête. Complètement. J'aurais pu l'embrasser pendant des jours. Elle était sucrée, avec une pointe de saké sur ses lèvres. Alors que mes mains caressaient ses courbes, elle commença à déboutonner ma chemise. Ses cheveux se prirent dans un bouton et elle rit en reculant pour s'en défaire. Quand ses mains passèrent sur ma peau, ce fut comme un éclair. Je plongeai la tête, passant ma langue dans son cou. Sa peau était fraiche après la pluie. Je passai ma main sur sa taille et sur ses côtes pour venir chercher ses seins sous son chemisier. J'adorais qu'il soit si lâche, ça me permettait de facilement passer sous le tissu transparent. Son soutien-gorge était tout en dentelle et ses tétons durcirent sous mon toucher. Je déposai des baisers dans la vallée de ses seins, attrapant enfin ce petit nœud sur son chemisier et le défaisant de mes dents.

— Finn, murmura-t-elle d'un soupir.

Je levai la tête. Elle ouvrit les yeux, le regard sombre et sauvage. On se regarda un moment.

— J'arrive à peine à rester debout, chuchota-t-elle gravement.

Je ressentis une vilaine satisfaction à savoir qu'elle était peut-être aussi hors d'elle que moi. Bon sang que j'avais envie d'elle. Ce n'était pas juste sexuel, c'était autre chose. Quelque chose de sauvage, un besoin violent, une force motrice que je ne pouvais retenir.

Je passai mon bras sur ses hanches et la levai contre moi.

— Allons trouver un lit. Comme ça, tu n'auras pas besoin de rester debout.

Elle rit doucement tandis que je traversais rapidement le salon et le couloir, ouvrant la porte de ma chambre d'un coup d'épaule. Les lumières réagissaient à un détecteur de mouvement et s'allumèrent quand on entra. J'ajustai le détecteur avec mon coude pour tamiser l'éclairage. Je la posai devant le lit et commençai à retirer ses vêtements. Son chemisier vola dans l'air, tombant au sol alors qu'elle se tortillait pour retirer sa jupe, et ses collants en coton si sexy. Je retirai ma chemise. Elle ne réussit qu'à peine à défaire ma braguette.

Quand je la vis avec rien d'autre que son soutien-gorge en dentelle blanche et sa culotte de soie violette, je perdis la tête. Je la jetai presque sur le lit. Elle tomba sur les oreillers, ses beaux cheveux bruns, parsemés de mèches roses et violettes, s'étalant sauvagement. Je m'allongeai à côté d'elle et commençai à goûter chaque centimètre de son corps.

— Tu n'étais pas censée être aussi affolante, murmurai-je contre sa peau alors que mes lèvres se baladaient vers la vallée de ses seins.

Elle gémit.

—Je ne vois pas de quoi tu parles.

—Tu me rends fou, marmonnai-je.

Je léchai ses tétons du bout de ma langue à travers la dentelle. Elle s'agrippa à mes cheveux, balançant ses hanches contre moi alors que je m'installais entre ses cuisses. Ma queue était si tendue que j'arrivais à peine à le supporter. Mais je ne voulais pas sauter les étapes. J'avais besoin d'elle tout entière. Si c'était ma seule nuit avec elle, j'allais la rendre inoubliable. Des sonnettes d'alarme retentirent dans mon esprit, assourdissantes, mais je les ignorai. Quand elle se cambra contre moi en gémissant, car je posai mes dents sur son téton, je passai mon pouce sur l'attache de son soutien-gorge. Elle avait des courbes géné-reuses, ses tétons étaient rose sombre et tendus, un contraste avec sa peau blanche. Elle avait des grains de beauté par-ci par-là.

Je pris son téton dans ma bouche, le caressant de ma langue et savourant le goût de sa peau. Elle hurla, se balançant contre moi. Ma queue palpita, si gonflée de besoin qu'elle me faisait mal. Je reculai, me baladant le long de son corps avec mes lèvres. Je passai mes doigts sur la soie mouillée entre ses cuisses. On avait commencé les préliminaires des heures plus tôt, et j'étais presque au bout de ma vie, alors que la luxure me fouettait violemment. Je tirai sur ce petit morceau de soie, l'arrachant sur ses cuisses. Elle jeta sa culotte du bout du pied et je plongeai deux doigts en elle.

Ses hanches se collèrent à moi. Alors que j'avais les doigts en elle, je baissai la tête et passai ma langue sur son clitoris, et elle jouit en hurlant dans ma bouche. Elle tirait sur mes cheveux avec impatience. Je levai la tête et la regardai. Bon sang, elle était glorieuse. Sa peau était humide et brillante de notre passion.

Comme toutes les expériences que j'avais vécues avec elle, elle était brute et autoritaire.

— Viens là, dit-elle d'une voix rauque.

J'étais ravi d'obéir, je m'installai au-dessus d'elle, mais elle me poussa avec son genou.

— Oh, certainement pas. Retire ce jean, ordonna-t-elle.

Je ris doucement.

— Un peu autoritaire, non ?

— Oui, dit-elle très clairement en me poussant à nouveau avec son genou.

Je me levai et elle se redressa sur ses coudes, attrapant mon jean d'un doigt pour le tirer vers le bas. Je ris à nouveau. Même si elle était très autoritaire, ses efforts étaient vains. Je reculai et fis le tour du lit pour attraper un préservatif dans le tiroir de ma table de chevet. Je retirai mon jean et mon caleçon et j'enfilai ma capote rapidement, sans jamais la quitter des yeux.

Elle me prit dans ses bras alors que je m'étalais au-dessus d'elle, enroulant ses jambes sur mes hanches. J'emmêlai mes doigts entre les siens et restai immobile un instant. Le besoin vibrait si fort en moi que je n'arrivais presque plus à me retenir. J'avais peur de lui faire mal si je ne prenais pas le temps de reprendre le contrôle. Je balançai mes hanches contre elle, sentant sa chaleur humide qui m'appelait.

— Oh bon sang, arrête de me faire attendre, siffla-t-elle.

Elle passa la main entre nous, enroulant sa main autour de ma queue. En un coup de reins, je plongeai en elle, lâchant un grognement profond en sentant sa prise crémeuse qui vibrait sur ma queue.

Chapitre Huit

JANA

Finn plongea en moi et je manquai de jouir dès cet instant. Même s'il venait déjà de m'envoyer au septième ciel de façon splendide. Mon désir était sans merci et sans fin. J'enroulai mes jambes sur ses hanches et me balançai contre lui. Il était dur et épais en moi, sa queue m'étirait de façon si délicieuse que j'arrivais à peine à le supporter. Il resta immobile un instant puis commença à bouger. Ses coups de reins ne restèrent calmes et mesurés que quelques secondes. Puis il me baisa violemment, nos peaux claquant l'une contre l'autre. Il aurait pu aller plus vite et plus loin, j'aurais dit oui. Je passai ma langue dans son cou, le mordant légèrement et savourant le goût salé de sa peau. Il attrapa ma main avec force.

— Jana, murmura-t-il dans un grognement.

Je levai les yeux et la chaleur sombre au fond de son regard me fit monter. La pression se rassembla en moi à nouveau. À chaque nouveau va-et-vient, le plaisir monta, menaçant d'exploser. J'avais l'impression d'être prise dans une vague qui prenait de l'ampleur et de la vitesse. Soudainement, tout explosa. L'intensité de mon orgasme me frappa si fort que je vis des étoiles. Une extase s'empara de moi, me jetant dans tous les sens jusqu'à ce que je m'entende crier son nom. Il lâcha un cri guttural lorsque son corps se tendit, plongeant profondément en moi une dernière fois avant de s'effondrer sur moi. Il nous fit immédiatement rouler pour que je me retrouve sur lui. Je tombai sur son corps, dans un flou de plaisir, entièrement détendue et satisfaite.

———

Je ne me souvenais pas de m'être endormie, mais je me réveillai au milieu de la nuit, au chaud et détendue avec Finn collé à moi. Je pris une profonde inspiration et lâchai un lent soupir. La chambre était sombre, mais les rideaux étaient ouverts, et les lumières de la ville étaient visibles. Cela faisait plus d'un an que je ne m'étais pas endormie avec un homme. Ma relation désastreuse s'était terminée trois ans plus tôt, et toute tentative de sortir avec quelqu'un depuis avait été courte et décevante. J'avais passé une nuit avec un gars avec qui j'avais essayé d'être sérieuse. Mais cette nuit m'avait convaincue d'arrêter d'essayer. Je m'étais sentie mal à l'aise, et je n'avais pas réussi à me détendre. Avec Finn, c'était si simple de me détendre.

Je me souvins des échos puissants de mon orgasme. J'avais un souvenir vague qu'il s'était lentement éloigné de moi, quittant le lit avant de revenir. Il nous avait installés sous les couvertures et je m'étais blottie contre lui. Son souffle était calme et régulier. J'avais envie de me retourner et de le regarder, mais je ne voulais pas gâcher ce moment.

Je savais que je pouvais être bête et trop directe. C'était simplement comme ça que je vivais ma vie.

J'avais eu envie de Finn, et j'avais décidé de l'avoir, mais je ne m'étais pas attendue à ça. Le niveau de confort que je ressentais avec lui me rendait si vulnérable que je ne savais plus où me mettre. Ça aurait dû me stresser, mais non. Pas maintenant. Je pris une autre profonde inspiration et fermai les yeux. Je m'endormis avec son corps chaud et fort enroulé sur moi.

Le lendemain matin, je me réveillai seule. Je m'assis sur le lit et regardai la chambre de Finn. Son lit était au centre de la pièce. Il y avait un meuble assorti au lit et deux tables de chevet en bois sombre, et c'était tout. La fenêtre donnait sur le Puget Sound dans l'angle. Je regardai le ciel gris de ce matin pluvieux en me demandant quoi faire. Quand j'entendis le bruit de la douche, j'écartai la couverture et me levai, traversant sa chambre vers sa salle de bain. L'eau venait de se couper quand je passai la porte. Il sortit de la touche, tendant le bras vers la serviette accrochée au mur.

Je pris un moment pour l'admirer en entier. Doux Jésus. Avais-je déjà dit qu'il faudrait interdire aux hommes d'être aussi beaux que ça ? Il était musclé, chaque centimètre de son corps était sculpté. Il se retourna et me vit. Il écarquilla les yeux un instant avant de sourire. Bon sang, alors que l'eau coulait encore sur lui, je mourais d'envie de le lécher. Cet homme me donnait l'impression d'être une idiote sans tête. Ça aurait dû m'inquiéter de fondre en le voyant, mais non.

— Bonjour, dis-je.

Il me lança un sourire en coin.

— Bonjour, ma belle, dit-il simplement. Je te fais du café ?

Il se sécha rapidement et me montra la douche.

— Douche-toi si tu veux.

J'acceptai sa proposition et réussis à dire un petit

oui quand il proposa à nouveau du café. J'étais un peu bouche bée face à la réaction qu'il me causait. Après m'être douchée, je m'habillai et traversai le petit couloir vers son salon. Je n'avais pas vraiment pris le temps de regarder cette maison hier. Elle était décorée de façon sobre, avec quelques taches de couleurs grâce aux tapis sur le parquet et un canapé vert foncé, assorti à un fauteuil et un repose-pied.

Ses yeux se posèrent sur mes chaussettes violettes et il sourit.

— J'aime bien tes chaussettes.

Je baissai les yeux et fis danser mes doigts de pied.

— Mes chaussettes ?

Il rit.

— J'aime bien plus que tes chaussettes, mais elles sont fun. Comment tu prends ton café ?

— Un petit peu de lait, s'il te plait.

Je me dirigeai vers l'ilot qui séparait la cuisine du salon. Je m'assis dans un coin, juste devant le comptoir et la gazinière. Il me servit une tasse de café, ajouta une pointe de lait et la fit glisser sur le comptoir, vers moi. Accrochant son pied sur un tabouret, il s'assit en face de moi. Il prit une longue gorgée de son café puis pencha la tête sur le côté.

— Il faut que j'aille travailler aujourd'hui, dit-il.

Je souris avant de prendre une gorgée de café. Cet homme était réellement parfait. Il savait même faire du café.

— Ce café est délicieux, dis-je en levant ma tasse.

Il sourit doucement.

— J'aime bien le café.

— J'avais compris que tu travaillais, vu l'uniforme, lui dis-je en le pointant du doigt avec un clin d'œil. Je peux te suivre ?

Il jeta sa tête en arrière et rit.

— Non, Jana. Tu ne peux pas venir. Tu ne bosses pas ?

— C'est samedi, donc je n'ai pas besoin d'aller au bureau. Quand est-ce qu'on se revoit ? demandai-je.

Il se tut un instant, une idée traversa son regard puis il haussa les épaules.

— Quand est-ce que tu veux qu'on se revoie ?

Je le regardai et pris une longue gorgée de mon café. Ce que j'avais envie de dire, c'était « ce soir », mais j'avais un peu peur de l'effet fou qu'il me faisait. Vraiment, c'était de la folie. Je me dis que je devrais peut-être me forcer à attendre.

— Le weekend prochain ?

Il hocha la tête immédiatement, sans aucune autre réaction.

— Le weekend prochain alors.

Chapitre Neuf

FINN

Je fermai la porte de la salle d'interrogatoire derrière moi et traversai le couloir agité jusqu'à mon bureau. Je me laissai tomber sur ma chaise de bureau avec un soupir. Alors que j'étais sur le point d'allumer mon ordinateur pour regarder mes e-mails, Eli entra dans mon bureau.

— Salut mec, quoi de neuf ? demanda-t-il.

Je m'adossai à mon siège.

— Salut mec. Pas grand-chose. J'ai deux ou trois interrogatoires ce matin. Et toi ?

Il s'installa sur la chaise en face de mon bureau.

— La nuit a été longue. Quelques soirées sur le campus, et quelques bagarres. Rien de plus emmerdant que de gérer des pochtrons quand tu essaies de comprendre ce qu'il s'est passé.

Je ris doucement.

— Les pochtrons ne sont pas les meilleurs témoins.

Eli leva les yeux au ciel.

— En effet. Je me dis qu'ils vont bientôt se réveiller, et qu'il va falloir gérer tout ça, ce matin.

Il pencha la tête sur le côté.

— Donc j'ai entendu dire que tu t'occupais de l'enquête de violences conjugales de Ray Sutton, commenta-t-il en parlant d'une arrestation qui datait de deux jours plus tôt.

Ray Sutton était un candidat à la mairie de Seattle, et était au beau milieu d'une élection serrée.

— Ça va être une horreur, répondis-je.

Il rit puis se calma rapidement.

— C'était quoi le mandat d'arrêt ?

— Attaque au quatrième degré. Les deux agents sur place n'ont même pas monté ça au niveau de violences conjugales. Mais ça me parait bien plus grave qu'une blessure involontaire, si tu veux mon avis. Elle avait des bleus sur la mâchoire et des marques au niveau du cou.

Eli grogna et secoua la tête.

— Tu te fous de moi, sans déconner.

— Mec, je préfèrerais. Maintenant, je suis coincé à essayer de voir quoi faire après ça. J'ai un rendez-vous avec le procureur tout à l'heure.

— C'est qui le procureur sur ce dossier ?

— Becca McNamara, répondis-je.

Becca était l'une des nombreuses procureures avec qui nous travaillions régulièrement.

Il me lança un sourire.

— Bien. Elle n'a pas peur de se battre.

— Certainement pas. Je suis vraiment soulagé de savoir qu'elle s'occupe de cette affaire.

Eli hocha la tête.

— Tu veux aller déjeuner ?

— Pourquoi pas. Une pause ne me ferait pas de mal.

Je me levai de ma chaise, attrapant mon téléphone et voyant un message de Jana en regardant l'écran.

Quand tu as dit « le weekend prochain », qu'est-ce que tu voulais dire ?

Je m'arrêtai dans le couloir pour répondre, en riant tout seul.

Le weekend serait vendredi ou samedi.

En glissant mon téléphone dans ma poche, je marchai avec Eli dans la rue, en route pour Pike's Place Market. C'était l'un de nos lieux préférés pour le déjeuner. Les choix étaient variés et tout était bon. Eli se dirigea vers l'un des restos thaï tandis que je chopais quelque chose à la boulangerie. On se retrouva sur une table qui donnait sur l'eau. Mon téléphone vibra dans ma poche.

Oh, ça veut dire qu'on dine ensemble vendredi ET samedi ?

Je ne pus m'empêcher de sourire. Jana m'envoya ensuite une photo d'un gâteau en forme de seins. Je ris à voix haute, oubliant qu'Eli était assis juste en face de moi.

— Qu'est-ce qu'il y a de si drôle, mec ? demanda-t-il.

Je levai les yeux et haussai les épaules.

— Un texto débile d'un pote.

Il accepta ma réponse pour ce qu'elle était. Je n'avais pas envie de lui expliquer et je ne voulais vraiment pas lui montrer ce gâteau. Non pas que ça me gênerait, mais ça révèlerait ce qui se passait entre Jana et moi plus que ce que je voulais. J'ignorai son message pour l'instant et rangeai mon téléphone. Après avoir fini notre repas, on retourna au commissariat et je me mis au travail sur les rapports de plusieurs entretiens à propos de l'attaque.

Eli avait raison. Ça n'allait pas être joli. Ray Sutton était l'un des candidats à la prochaine élection municipale de Seattle. Il se présentait comme le défenseur des valeurs familiales. Mais en privé, il semblait être un connard violent. Il avait fait de sacrés bleus à sa femme et avait laissé des traces de doigts sur son cou. L'équipe qui était intervenue avait répondu à l'appel d'un voisin, qui signalait une attaque. Je supposais qu'il n'y aurait pas eu d'appel s'il n'y avait pas eu de témoins. Ray Sutton était saoul et la porte de leur maison avait été laissée ouverte. Un témoin l'avait vu sauter sur sa femme et la frapper. Quand elle était tombée au sol, la personne l'avait vu essayer de l'étrangler.

D'après le rapport, Sutton avait fermé la porte d'un grand coup de pied après ça. Sa femme refusait de parler, même si elle avait été vue par l'équipe médicale et avait apparemment même parlé à un représentant d'association contre les violences conjugales à l'hôpital. Après ça, l'équipe de relations publiques de Sutton l'avait fait taire rapidement. Mais on avait un témoin, et Becca McNamara était sur le dossier. Elle n'avait pas peur de se battre au tribunal, et elle se fichait bien des histoires politiques.

J'appuyai sur la touche du haut-parleur de mon téléphone et l'appelai.

— Salut Becca, comment vas-tu aujourd'hui ?

— Tiens, tiens, mon flic anglais préféré, dit-elle en guise de bonjour. J'entends dire que tu te retrouves sur le dossier Sutton.

— Ouaip. Quelles sont tes pistes ?

— Je ne suis pas contente des chefs d'accusation de départ, répondit-elle rapidement.

— Je ne t'en veux pas. J'en ai déjà parlé à l'équipe qui en est responsable. Je n'ai pas de bonne réponse pour toi, à part qu'ils sont jeunes et n'ont pas su gérer la pression de l'avocat de Sutton. Il était déjà sur place, avant eux.

— Je sais, ça ne change rien au fait qu'on ait un bon dossier. On n'a même pas besoin de sa femme pour témoigner. On a un témoin oculaire. Tu sais si elle est encore avec lui ?

— Je crois.

— J'espérais que tu pourrais lui parler, dit Becca. Tu sais gérer les témoins inquiets. Elle se détendrait peut-être en te parlant. Notre dossier serait bien plus solide si elle acceptait de témoigner. Pour l'instant, ils n'acceptent les entretiens que si son avocat est présent.

— C'est ce que j'ai entendu aussi, mais je lui passerai un coup de fil pour voir si on peut organiser quelque chose. Tu veux être présente ? demandai-je.

— Dis-moi quand, et je serai là.

— Pas de souci. Je te rappelle plus tard.

La ligne se coupa, et je me mis enfin à lire mes e-mails. Mon téléphone vibra à nouveau. Je le sortis de la poche de ma chemise et vis un autre message de Jana. J'avais oublié de répondre à son dernier message en rentrant de mon déjeuner avec Eli.

C'est maintenant que tu te mets à m'ignorer ? :) Je voulais juste savoir si ce serait vendredi ou samedi. Ou les deux.

Oh, et voici un gâteau pas cochon.

Elle m'envoya une photo d'un gâteau en forme de dauphin. Encore une fois, je ris.

Disons vendredi et samedi.

J'étais peut-être à moitié fou, mais je savais que je voulais la revoir plus d'une fois. Cette semaine paraissait longue. Je rangeai mon téléphone encore une fois, mais il vibra immédiatement. Je le sortis et trouvai un GIF d'une tortue qui dansait. Je n'avais aucune idée d'où elle sortait ça. Elle ajouta un autre angle du gâteau en forme de pénis. Le jour où elle aurait terminé de m'envoyer toutes ses photos de ce gâteau, j'étais certain d'avoir tous les angles imaginables.

———

Le lendemain, j'avais un entretien confirmé avec Lynne Sutton. J'étais surpris qu'elle réponde directement à mon appel. Je retrouvai Becca McNamara un peu avant. Becca entra dans mon bureau d'un pas rapide. Elle était très enceinte. Je souris en la voyant, ne serait-ce que parce que la dernière fois que je l'avais vue, elle s'était plainte férocement des difficultés de s'habiller pour le boulot avec un corps de femme enceinte.

— Bonjour Becca, comment vas-tu aujourd'hui? demandai-je alors qu'elle fermait la porte de mon bureau derrière elle.

Elle se frotta le ventre.

— Je vais bien. Je ne suis qu'à six mois, et j'en ai déjà marre.

Je ris doucement.

— Oh, et qu'est-ce qu'en pense Aidan? demandai-je, en faisant référence à son mari.

Elle sourit.

— Il pense que je travaille trop. Rien que pour ça, il sera sans doute heureux quand ce sera fini. On est tous les deux super pressés de rencontrer le bébé, mais il me rend folle à s'inquiéter pour tout, tout le temps.

J'avais rencontré Aidan quelques fois. C'était un ancien Navy SEAL qui gérait sa propre compagnie de protection à Seattle. Becca était géniale dâns un tribunal, et vraiment jolie avec ses cheveux noirs et ses yeux bleus. Je trouvais ça plutôt agréable de savoir qu'elle était agressive au tribunal, mais gentille en dehors. Je n'avais pas l'habitude que ce soit le cas pour les avocats. Souvent, ceux qui sont agressifs au tribunal sont des connards en dehors.

Becca s'assit en face de moi.

— Donc, comment tu penses que ça va se passer? demanda-t-elle.

Je pris une gorgée de mon café froid et haussai les épaules.

— Je ne sais jamais. Je pense qu'il faut qu'on insiste sur le fait qu'on a un témoin. Je ne sais pas le genre de pression que subit Lynne Sutton. Rien qu'avec les marques sur son cou, ça aurait dû être élevé à une tentative de meurtre.

Becca hocha la tête avec empathie.

— Exactement. Je n'arrivais pas à croire le rapport en le lisant. Tu as parlé à l'équipe qui a répondu à l'appel? Ils ne nous aident vraiment pas avec ces minuscules chefs d'accusation, alors qu'on voit qu'il l'a frappée et étranglée.

— Je leur ai parlé. Je crois qu'ils ont reçu des pressions, de ne pas accuser un politicien de tentative de meurtre, surtout en pleine élection. On verra ce qu'on peut faire après ça.

Becca acquiesça.

— Eh bien, fais de ton mieux avec cet entretien. On verra où on en est après que tu lui auras parlé.

On quitta mon bureau, traversant le couloir ensemble vers les salles d'interrogatoire. Becca alla s'installer dans la salle d'observation pendant que j'allais chercher Lynne Sutton.

Quelques instants plus tard, j'étais assis en face de Lynne. Elle avait un air fragile, elle était mince et avait des cheveux blonds et fins. Les marques sur sa mâchoire et son cou étaient encore visibles. Je pris une profonde inspiration et j'essayai de me concentrer. L'une des choses les plus difficiles dans les entretiens avec des victimes de violences conjugales était que les personnes pouvaient être terriblement rigides. Que ce soit sur la défense de leur agresseur, ou parce que la victime ne veut pas empirer les choses en racontant la vérité. La triste vérité était que statistiquement parlant, les victimes couraient moins de danger en restant avec leur agresseur. Je détestais ce fait. Les victimes prenaient plus de risques en essayant de quitter leur agresseur. Plus de 72 % des conjugicides, spécifiquement des meurtres-suicides, impliquaient un partenaire qui avait quitté son agresseur, et 94 % des victimes étaient des femmes. C'était déprimant, et je ne pouvais pas me laisser penser à ça tout de suite.

Ajouté à cela le fait que Lynne Sutton était mariée à un homme politique qui montait dans les sondages avec une réputation à préserver, je savais parfaitement que nous n'avions pas beaucoup de chance de la faire parler. J'étais surpris après lui avoir posé quelques questions, pour essayer de commencer doucement, de la voir s'adosser à sa chaise et soupirer.

— Est-ce que je peux dire quelque chose ? demanda-t-elle.

— Je vous en prie, répondis-je.

Ses mains tremblaient un peu, et c'était le cas depuis qu'on s'était assis à table. Je supposais qu'elle était sous beaucoup de pression.

— Il a fait exactement ce que le témoin raconte, dit-elle simplement. Je ne vais pas rentrer chez moi en partant d'ici. Je vais aller chez ma famille. C'est le seul endroit où je peux espérer qu'il n'essaie pas de venir me chercher. Si vous avez besoin que je témoigne, je le ferai. J'espérais que je n'aurais pas à le faire grâce à votre témoin.

Je lui expliquai rapidement la situation.

— Si vous ne voulez pas témoigner, je comprends.

On peut essayer sans vous, mais votre témoignage aidera le dossier, car vous êtes la victime. Pour être honnête, c'est très rare d'avoir un témoin dans une situation pareille. La plupart du temps, on reçoit un appel d'un voisin qui entend une dispute, mais on ne peut pas monter de dossier sans la coopération de la victime. Dans ce cas, on a quelqu'un qui a vu l'agression, et on a pu arrêter votre mari quand même. Le procureur espérait que vous accepteriez d'ajouter votre témoignage.

Lynne soupira et hocha la tête.

— Je suis vraiment fatiguée de toute cette histoire. J'étais tellement soulagée quand vous m'avez appelée pour cet entretien, parce que c'est presque impossible de quitter la maison depuis qu'il a été arrêté. J'espérais qu'ils allaient le garder en garde à vue ce soir-là. Si j'avais su qu'ils allaient le laisser payer sa caution, je serais partie, mais il est rentré à la maison avant que je ne puisse le faire, expliqua-t-elle en se torturant les mains et en faisant des pauses pour respirer.

Je retins l'envie de dire des gros mots. Quel bordel. Elle ne voulait pas rester dans cette maison, et c'était vrai depuis la toute première nuit. Mais comme deux nouveaux ont eu trop peur de présenter les chefs d'accusation qu'ils auraient dû défendre, Ray Sutton a payé sa caution le soir même. Trois jours s'étaient écoulés depuis l'attaque, elle vivait sans doute un enfer depuis. J'avais assez de bon sens pour savoir que ce n'était sans doute pas la première fois qu'il l'avait frappée.

Je la regardai en essayant de reprendre mon sang-froid.

— Bien sûr. Je comprends. Je suis désolé qu'il ait été relâché cette nuit-là. Si on avait été au courant de la situation, ça ne se serait pas passé comme ça.

Elle déglutit si fort que je pus l'entendre, et il était

clair qu'elle retenait ses larmes. Je me levai de ma chaise pour aller chercher un paquet de mouchoirs dans un petit meuble à tiroir installé dans le coin de la pièce. En revenant à la table, je les posai devant elle avant de m'asseoir. Elle se mit à pleurer et je restai avec elle, en silence. Ce n'était pas que je ne voulais pas la réconforter, mais je sentais qu'elle avait besoin d'un moment pour pleurer.

Après quelques minutes, je lui demandai :

— Avez-vous besoin de quelque chose ?

Elle leva la tête, se mouchant fort avant de répondre.

— Non, ça va. Est-ce que vous avez des conseils sur comment gérer ses appels ? demanda-t-elle.

— Absolument. On peut demander au procureur d'ajouter une mesure au dossier qui lui interdit de vous contacter. Comme ça, vous n'aurez pas à vous inquiéter de ses appels. Ça fera partie des actions immédiates du tribunal, en espérant qu'on obtienne ce qu'on demande. Je peux vous assurer que la procureure qui s'occupe de votre dossier ne va pas reculer devant la pression publique. Je vous suggère de rester ici au commissariat jusqu'à ce que ce soit fait aujourd'hui. Est-ce que vous pensez pouvoir faire ça ?

Elle acquiesça rapidement.

— Bien sûr. Où est-ce que je dois attendre ?

— Dans cette pièce. On n'en a pas besoin pour l'instant, et il vaut mieux que vous ne soyez pas dans les parties publiques. Je suppose qu'il s'attend à ce que vous rentriez à la maison à une heure précise, n'est-ce pas ?

Elle murmura un tout petit oui.

— On va faire tout ce qu'on peut pour vous protéger. Je peux vous apporter quelque chose pendant que vous patientez ?

Quand elle secoua la tête, je me levai et m'arrêtai à côté de sa chaise.

— Merci d'avoir été honnête sur ce qu'il s'est passé. Je sais que ce n'est pas facile. Je peux demander à un associé du procureur de venir patienter avec vous si vous voulez.

Elle tendit le bras pour prendre ma main.

— Non, ça va. J'ai une amie qui va venir attendre avec moi. Merci. J'avais juste peur que vous me traitiez de menteuse, ou que vous me disiez que j'aurais dû parler ce soir-là. J'ai juste...

Elle laissa sa phrase en suspens et serra simplement ma main avant de la relâcher.

— Vous n'avez plus à vous inquiéter, mais je comprends que ça ne soit pas facile. Je vais aller parler à la procureure tout de suite, et l'un de nous viendra vous voir pour s'assurer que tout va bien. Je vais vous donner mon numéro. Je fais des allers-retours dans le bâtiment, donc si vous avez besoin de quoi que ce soit, vous m'appelez directement, d'accord ?

Elle hocha la tête. Elle avait encore les larmes aux yeux, mais elle ne tremblait plus.

— Vous n'auriez pas du café, par hasard ?

— Je vais m'assurer que quelqu'un vous en apporte. Donnez-moi votre numéro, je vais vous envoyer le mien par message.

Quand ce fut fait, je lui transmis mon numéro et partis immédiatement, me dirigeant immédiatement vers la pièce d'à côté pour trouver Becca et manquai de lui rentrer dedans dans le couloir.

— C'est pas croyable ! Il y a une raison pour laquelle ces gars auraient dû soumettre des chefs d'accusation bien plus lourds dès le début. S'il n'avait pas été arrêté pour si peu, il n'aurait jamais pu payer sa caution le premier soir, dit-elle avec des yeux pleins de rage.

— T'as bien raison. Je leur ai déjà parlé, et je vais le refaire. La prochaine fois, je veux être sûr qu'ils passent par le sergent de garde avant de finaliser quoi que ce soit, pour ne pas qu'on se retrouve dans une situation pareille. La moindre des choses était de s'assurer qu'il n'ait pas de possibilité de sortir sous caution avant le passage au tribunal du lendemain matin. Tu as besoin d'autre chose de ma part, ou est-ce que tu as eu ce qu'il te fallait en écoutant l'entretien ?

— J'ai tout ce qu'il me faut. Je vais aller au tribunal tout de suite pour déposer les chefs d'accusation mis à jour et inclure une interdiction de contact. Bonne idée de la faire attendre ici. Je vais demander une audience d'urgence aujourd'hui, et je te tiens au courant.

— Pas de souci. Passe-moi un coup de fil si tu as besoin de quoi que ce soit d'ici.

Becca décolla. J'étais sur les nerfs après ça. Je m'occupai d'un peu de paperasse puis sortis prendre un peu l'air et manger quelque chose. Par habitude, je montai dans ma voiture de police et me dirigeai vers le Desert Isle Coffee. Je n'avais pas particulièrement besoin de café, mais ils faisaient de très bons sandwichs. Une petite pluie fine tombait alors que je traversais la rue depuis ma place de parking. Je passai la porte en faisant sonner la cloche qui m'accueillit quand j'entrai. Je faisais la queue quand je remarquai que Jana était là. Elle était installée à une table dans le coin de la pièce, devant son ordinateur portable. Un homme en costume, avec un air arrogant, se tenait à côté de la table et était en train de lui parler.

Jana avait l'air mal à l'aise. À chaque rencontre que j'avais eue avec elle, y compris quand je l'avais vue se fritter avec le gars qui lui était rentré dedans, elle n'avait jamais eu l'air mal à l'aise. Mais à l'instant, elle semblait tendue. L'homme tendit la main pour lui toucher l'épaule, et elle sursauta avant de s'éloigner de lui. Sans réfléchir, je marchai rapidement vers sa table. Je ne pouvais pas prétendre savoir ce qu'il se passait, mais ça ne m'arrêta pas.

— Salut ma belle, dis-je dès que j'arrivai à son niveau, posant ma main sur son épaule et l'embrassant sur la joue.

Je ne m'embêtai même pas avec les politesses, me plaçant juste à côté d'elle et forçant l'homme à bouger. Ses yeux trouvèrent les miens, elle avait l'air un peu surprise, puis un air de soulagement s'empara de son visage.

— Salut, dit-elle, légèrement trop heureuse.

— Désolé, je suis en retard, ajoutai-je, en me disant qu'il valait mieux faire comme si elle m'attendait.

Ses yeux passèrent de moi à l'homme qui se tenait à côté de moi. Elle prit le pli immédiatement.

— Oh, pas de souci. Je vais finir ce que j'étais en train de faire avant même que tu reviennes avec ton déjeuner, dit-elle.

Je regardai l'homme à côté de nous. La plupart des femmes le trouveraient sans doute beau. Il avait des cheveux sombres, des yeux sombres et était habillé avec beaucoup de goût. Il était grand et propre sur lui. Il m'énerva immédiatement. Je ne savais pas comment Jana le connaissait, mais elle ne semblait pas avoir envie d'être près de lui. Il me regarda comme s'il me jaugeait.

— Eh bah, je vois que tu es passée à autre chose, commenta-t-il à l'adresse de Jana.

Son épaule se tendit sous ma main.

— Rick, arrête. Au revoir.

Rick, un nom parfait pour lui. Ce connard de

Rick la fixa un instant de trop, la parcourant du regard. Je vis ses yeux tomber sur ses magnifiques seins, qui étaient mis en valeur par un chemisier cintré bleu. La tension monta en moi. Une vague de possessivité s'empara de moi, ce qui n'avait aucun sens.

Rick hocha simplement la tête puis se retourna avant de partir. Une fois qu'il était trop loin pour nous entendre, Jana leva les yeux vers moi, l'air inquiet.

— Merci.

— Ça va ? demandai-je.

— Maintenant que tu es là, ça va, répondit-elle, la joie dans sa voix me paraissant forcée.

Elle avait l'air de ne pas être dans son assiette. Ça me dérangeait. Elle était toujours si joyeuse et pétillante. Je ne savais pas qui était ce Rick, mais je n'aimais pas l'effet qu'il lui faisait.

— Je crois qu'on est censés déjeuner ensemble, maintenant, ajoutai-je en regardant Rick faire la queue au comptoir.

Jana ne semblait toujours pas parfaitement remise, mais elle semblait heureuse de ce retournement de situation et me lança un sourire.

— Parfait. Installe-toi. La manager est une amie. Elle va venir prendre ta commande. Tu n'as pas besoin d'aller faire la queue avec cet idiot.

— Ça ne me dérange pas, commentai-je.

Elle eut l'air de réfléchir, puis elle finit par acquiescer.

— Tu veux bien me prendre un autre café ? demanda-t-elle en levant sa tasse.

Quand je tendis la main pour la prendre, nos doigts se touchèrent, m'animant d'un courant électrique. Bordel. Elle me rendait fou.

Je retournai faire la queue, juste derrière Rick.

Alors que la queue progressait, il jeta un coup d'œil derrière lui et haussa un sourcil en me voyant.

— Donc t'es le nouveau copain de Jana ?

Je ne répondis pas et le fixai simplement du regard.

— C'est une fille en or.

— Comment tu la connais ? demandai-je, parce que c'était la seule chose qui comptait pour moi.

— Elle travaillait pour moi. On avait une relation plutôt fun, si tu vois ce que je veux dire, répondit-il avec un sourire malin.

Une colère me traversa. Pas envers Jana, mais envers Rick et la façon dont il parlait d'elle. Je supposai qu'il était le fameux patron qui avait ruiné sa réputation. Je serrai la main avec force sur la tasse de Jana.

— Ouais, bah je vois bien pourquoi ça n'a pas duré, répondis-je enfin.

Rick sembla surpris par ma réponse, il ouvrit légèrement la bouche avant de la refermer.

— Qu'est-ce que c'est censé vouloir dire ?

— T'es un connard arrogant, et le genre de con dont il faut se débarrasser.

À ce moment parfait, la personne devant Rick termina sa commande et la serveuse appela la prochaine personne au comptoir. Rick se retourna et commanda son café, repartant sans m'adresser la parole.

Je retournai à notre table avec un sandwich pour moi et deux cafés. Je m'installai en face de Jana et mangeai mon sandwich en buvant mon café pendant qu'elle terminait ce qu'elle faisait. Elle avait les cheveux détachés aujourd'hui. Les mèches roses avaient perdu de leur éclat, mais le violet était toujours bien là. Ses yeux me trouvèrent quand elle ferma son ordinateur.

— Rick t'a dit un truc désagréable ? demanda-t-
elle.

Je secouai la tête.

— Ça n'a pas d'importance.

Elle bougea sur son siège, l'air inquiète.

— C'est un connard et ça ne sert à rien de penser à
lui, ajoutai-je.

Chapitre Dix

JANA

Je suivis Finn en sortant du café, passant ma capuche sur ma tête alors qu'on sortait sous la pluie. Il me regarda.

— Tu es à pied ou en voiture ?

— À pied.

— Tu as besoin que je te dépose ? demanda-t-il d'un ton très poli, avec son accent.

J'acquiesçai. Il posa une main sur mon bras et me guida dans la rue. J'avais envie de le prendre dans mes bras, ce qui était étrange, mais son timing avait été parfait. J'étais à côté de la plaque depuis que j'avais croisé Rick. C'était vraiment un con. Je n'arrivais pas à croire que je l'avais trouvé beau à une époque. En y repensant, je savais que j'étais vulnérable à l'époque avec la maladie de ma mère, mais j'avais quand même encore honte. J'avais honte d'être tombée amoureuse de lui, et honte d'avoir été sa maitresse même si je ne le savais pas. De manière générale, toute cette histoire me mettait mal dans ma peau.

Finn était si pragmatique et généreux. Il ne savait même pas qui était Rick, mais son commentaire sur le fait qu'il n'en valait pas la peine m'avait fait du bien. C'était agréable d'avoir pris un café avec Finn après ça. Il me guida dans une rue parallèle vers sa voiture de police.

Je retirai ma capuche et écartai mes cheveux humides de devant mes yeux.

— Oh, parfait. J'adore cette voiture, annonçai-je une fois qu'il eut fermé sa porte. Je n'arrive pas à croire que j'ai le droit à un autre tour là-dedans. Alors que ce n'est même pas un trajet professionnel.

Il rit.

— Seulement parce qu'il pleut.

— Oh, donc tu ramènes n'importe qui, quand il pleut ?

Il regarda la pluie par la fenêtre, puis me regarda avec un sourire narquois.

— Probablement pas. Tu repousses mes limites.

J'étais agitée et je n'avais peur de rien. Finn me plaisait. Il me plaisait vraiment. Il y avait beaucoup de désir dans l'équation, mais c'était plus que ça. Croiser Rick m'avait fait me sentir petite et vulnérable, et j'avais envie d'effacer ce sentiment. Par chance, du moins d'après moi, la petite console entre les deux sièges n'était pas là aujourd'hui.

Je regardai à travers les fenêtres. Nous étions dans une rue un peu cachée et il pleuvait des cordes. Personne ne pouvait vraiment nous voir. Je grimpai sur les sièges et montai à califourchon sur Finn, en bougeant rapidement avant qu'il ne puisse me convaincre d'arrêter. Je m'installai sur ses genoux, mes jambes de chaque côté de ses hanches. Je sentais sa queue dure contre moi. Il leva immédiatement les yeux vers moi.

— Jana, dit-il d'un ton grave. Qu'est-ce que tu fais ?

— Je te grimpe dessus, expliquai-je avec un sourire, soulignant l'évidence.

Pour compléter mon propos, je balançai mes hanches contre lui. Oups. Mauvaise idée. Sa queue dure se frotta à mon clitoris. Aujourd'hui encore, je portais une jupe, comme presque toujours. Je ne jurais que par les jupes. Même par un début de mois de décembre, quand il commençait à faire froid, je portais des jupes et des collants en coton, pour me réchauffer.

— J'adore ton uniforme, dis-je en passant mes mains sur ses épaules et en faisant le contour de son badge.

Ses yeux s'assombrirent. Il immobilisa mes hanches contre lui, plongeant ses doigts dans ma peau.

— On ne peut pas faire ça.

C'était le Finn angélique, celui-ci, pas celui que je connaissais hors uniforme. Il était poli et suivait les règles, et j'avais juste envie de le secouer un peu, de le pousser à être un peu cochon avec moi.

— Oh, Finn. On peut jouer un peu. On est cachés.

Sa tête retomba contre son siège en un bruit sourd avant qu'il ne fasse non de la tête.

Je l'ignorai. Je passai un doigt sur sa mâchoire, savourant la griffure de sa petite barbe sur ma peau. Je plongeai la tête et l'embrassai. Je ne savais pas s'il voulait résister, mais il n'essaya pas vraiment. Il grogna dans ma bouche, sa main s'emmêlant dans mes cheveux, s'agrippant à moi alors qu'il dévorait ma bouche. J'avais commencé, mais il prit le dessus immédiatement, et j'adorais ça.

Mes tétons étaient tendus, ma culotte était trempée et c'était délicieux. On s'embrassa longtemps, nos langues s'emmêlèrent, il mordit ma lèvre du bout des dents et déposa des baisers sur mes joues et derrière mon oreille. Je frissonnai de partout, balançant mes hanches sur la bosse dure de son pantalon. Ça devenait si chaud que j'avais oublié où nous étions jusqu'à ce que je lève la tête pour reprendre mon souffle.

Les fenêtres étaient couvertes de buée. Personne ne pouvait voir quoi que ce soit, et la pluie tombait encore lourdement sur le toit de la voiture. Nous étions dans notre propre petit cocon. Je passai la main entre nous et déboutonnai sa chemise rapidement, heureuse de découvrir qu'il ne portait pas de t-shirt sous sa chemise, car je voulais toucher sa peau. Il ne me fallut pas beaucoup de temps pour défaire ses boutons. Encore une fois, s'il voulait m'arrêter, il n'essaya pas vraiment.

Je pris mes seins dans mes mains, pinçant mes tétons entre mes doigts.

— J'ai envie de toi.

— Bordel, Jana. Tu me tues. On ne peut pas...

Je lui coupai la parole.

— Si, on peut. Allez.

Il secoua la tête, gardant les mains sur les côtés, serrées en poings. Il essayait peut-être de ne pas avoir les mains baladeuses, mais je sentais sa queue me raconter une autre histoire.

— Je te propose un accord, lâcha-t-il. Je te fais jouir, mais on garde le reste pour plus tard.

Étant donné que j'avais envie de lui – chaque partie dure de son corps – en moi, j'étais un peu déçue, mais j'étais prête à accepter n'importe quoi.

À la seconde où je hochai la tête, il avait la bouche sur mon téton. Il me taquina avec sa langue. Je criai quand ses dents s'y mêlèrent, une pointe de douleur et de plaisir repoussant la vulnérabilité que j'avais ressentie. Ses mains remontèrent sur mes cuisses, au-dessus de mes longues chaussettes en laine, et l'air frais agit comme un baume sur la chaleur entre nous. Il passa la main entre mes jambes, passant ses doigts sur la soie mouillée et l'écartant. Puis ses doigts étaient en moi, profondément.

Je me balançai à son toucher, tandis qu'il me baisait doucement avec ses doigts. J'étais si près de l'orgasme que je perdais tout contrôle.

— Jana, murmura-t-il, dans un son animal.

J'ouvris les yeux, m'agrippant à la poignée de porte d'une main et au tableau de bord de l'autre.

— Regarde-moi, ordonna-t-il.

Je regardai son visage alors qu'il me doigtait jusqu'au septième ciel. Je jouis enfin quand il appuya son pouce sur mon clitoris. Il m'attrapa par les hanches alors que mon plaisir explosait en moi. Je tombai sur lui, mon corps vibrant encore de la force de mon orgasme. Avant que je ne sorte de ma transe, il m'aida à réajuster mes vêtements et boutonna sa chemise. Je m'écartai sur le siège passager, rassasiée pour le moment, mais certaine que j'en voulais plus. Je tournai la tête sur le côté.

— Tu es sûr ? demandai-je, en parlant du fait qu'il voulait juste me faire jouir pour l'instant.

Il me coupa la parole.

— Plus tard.

— Mais tu as dit qu'on ne se revoyait pas avant vendredi.

— Je n'ai pas dit ça. C'est toi qui as dit ça, répliqua-t-il.

— Oh.

— Je te donne vendredi, je te donne samedi, et je te donne ce soir si tu le veux.

— Oh là là.

Chapitre Onze

FINN

Je terminai mon café avant de lever les yeux pour voir Eli arriver dans mon bureau. Il s'installa sur la chaise en face de moi.

— J'ai entendu dire que Becca a obtenu les chefs d'accusation qu'elle voulait, dit-il en guise de bonjour.

— Bien sûr. Ça te surprend vraiment venant d'elle ? répliquai-je.

Même si j'étais assez confiant sur notre dossier, c'était un soulagement de savoir que Becca avait obtenu ce qu'elle cherchait. Après mon bref entretien avec Lynne Sutton, j'avais le sentiment qu'on n'en avait pas assez fait pour elle et qu'il fallait qu'on la protège. Une mesure d'éloignement n'était pas grand-chose, mais ça aiderait.

Eli rit doucement.

— D'habitude non, mais il y a beaucoup de pression sur ce dossier. Comment s'est passé l'entretien avec la femme de Sutton ?

— Bien mieux que ce à quoi je m'attendais. On a tout ce qu'il nous faut. Et comme elle veut bien témoigner, on a pu ajouter des chefs d'accusation. Elle attend ici avec une amie de la famille jusqu'à ce que ses parents viennent la chercher.

— Ils ont des enfants ? demanda-t-il.

Je secouai la tête.

— Pas encore. Je suppose que ça rend les choses plus simples pour pouvoir partir. Mais il va y avoir une tempête médiatique dans les jours qui viennent.

— Oh, ça, c'est sûr. Bon boulot.

Je haussai les épaules.

— Je n'ai pas fait grand-chose. Elle est arrivée déjà prête à parler. Je suis encore énervé par l'arrestation initiale, mais on passe à autre chose. Becca a fait le plus gros sur ce coup-là. Bref, quoi de neuf pour toi ?

— Je suis passé voir si tu voulais aller boire une bière après le boulot.

Pendant un instant, j'hésitai à dire non, simplement parce que j'avais organisé quelque chose à la dernière minute avec Jana. J'avais un sérieux doute, maintenant. J'avais complètement perdu la tête plus tôt. Je ne faisais jamais le genre de chose que je venais tout juste de faire avec Jana. Oh, qu'on se détrompe, j'avais plein d'aventures. Depuis ma rupture avec Kristen, je n'avais que ça. Mais je ne faisais pas de cochonneries dans ma voiture de police. Avec qui que ce soit. Je commençais à me dire qu'il serait une bonne idée de mettre un peu de distance entre nous, donc je croisai le regard d'Eli et j'acquiesçai.

— Pourquoi pas. Dis-moi où et quand.

— À Harry's ? demanda-t-il en retour.

Harry's était un bar pas loin, un endroit où nous allions souvent, sans doute parce que c'était tout près. Le bar avait aussi un bon menu et une bonne liste de bières.

— Je te retrouve là-bas. On se dit 18 h ?

Il acquiesça et se leva de sa chaise, sortant de mon bureau en me faisant un signe de main. J'essayais de me concentrer sur le reste de ma journée, mais ça ne servait à rien. J'avais dû faire appel à toute ma discipline pour ne pas plonger en Jana cet après-midi. Ce n'était pas juste qu'elle était sexy comme tout. Ça n'aidait en rien, bien sûr, mais c'était plus que ça. Elle était si vulnérable après notre déjeuner. Ce côté doux s'était accroché à un fil de mon cœur et était en train de le défaire.

J'avais pourtant tout recousu après ce qu'il s'était passé avec Kristen. Je n'avais jamais imaginé que quelqu'un pourrait m'atteindre de cette façon. Mais Jana était là, et elle me touchait avec si peu d'effort que c'en était un peu terrifiant.

———

Tard ce soir-là, je m'adossai à ma chaise au bar, prenant une longue gorgée de ma bière en gloussant au dernier commentaire d'Eli. Il y avait un match de football américain à la télé, affiché derrière le bar, et Eli était un grand fan des Seattle Seahawks. La majorité du temps, c'était un homme rationnel, mais comme la plupart des fans de sport, il n'y avait rien de rationnel chez lui quand il regardait un match.

— Je n'arrive pas à croire que cet arrêt ait retourné le match comme ça, commenta-t-il en regardant l'écran et en secouant la tête avec un air de dégoût.

Il me jeta un coup d'œil.

— Bon. Je crois que c'est pas une victoire cette fois-ci.

— Alors, tu vis où maintenant que toi et Beth avez rompu ? demandai-je.

Eli soupira lourdement.

— Je suis chez mon frère pendant quelques semaines, le temps de me trouver quelque chose. J'adore mon frère, mais bon sang, les bébés, ça dort pas la nuit.

Je lui lançai un sourire.

— Il parait, oui.

Le frère d'Eli était l'un de mes amis. Il s'était marié un an plus tôt et venait d'avoir un bébé.

— Je suis sûr que tu vas vite trouver quelque chose.

— Oh, je pourrais trouver quelque chose tout de suite. C'est juste que tout est trop cher.

— Ça, c'est sûr, ajoutai-je.

— L'immobilier à Seattle, c'est une horreur, marmonna-t-il en levant les yeux au ciel. Bref, tu me diras si tu entends parler de quelque chose.

— Tu veux acheter ou louer ?

— Louer je pense, mais si je trouve le lieu parfait, j'achète.

— Tu devrais peut-être parler à l'agent immobilier qui m'a aidé à trouver ma maison il y a quelques années. Elle gère des locations et des ventes.

— Parfait. Donne-moi son nom, répondit Eli.

Je sortis mon téléphone pour trouver son numéro et le récitai rapidement pendant qu'il l'entrait dans son téléphone. Notre service arriva pour prendre nos assiettes vides et nous servir une autre tournée de bières. Mes yeux se posèrent sur mon écran où le dernier message de Jana apparut. Je lui avais envoyé un SMS pour annuler plus tôt. Elle avait répondu avec un émoji triste et une photo d'un chiot triste. Je me demandais ce qu'elle faisait de sa soirée à la place.

Je n'eus pas à me poser la question longtemps, car la porte du bar s'ouvrit et Liam Reed passa la porte avec sa femme, suivi d'Ethan Walsh et de sa femme

Zoe. Et sortie de nulle part, Jana était avec eux. Bordel.

Je connaissais Liam et Ethan de loin, de mes années de footballeur à la fac. Ils jouaient pour les Seattle Stars maintenant et on s'était croisés sur le terrain à l'université avant que je ne me blesse. C'étaient des gars sympas, et j'étais content de voir qu'ils rencontraient autant de succès. Mais je ne savais pas ce que Jana faisait avec eux. Elle semblait être amie avec Zoe Walsh, que je connaissais de loin, car c'était une avocate pénaliste. Sa relation avec Ethan avait été un mini-scandale au début, parce qu'elle le défendait.

Les cheveux de Jana étaient humides à cause de la pluie, et elle était splendide. Depuis l'autre bout de la pièce, avant même qu'elle ne m'ait vu, mon corps se tendit. Je la regardai rire à ce que Zoe lui disait avant d'écarter une mèche de cheveux de son front pour la ranger derrière son oreille. J'avais envie de traverser la pièce et de l'embrasser.

Liam se faufila entre les tables. Étant donné qu'il ne m'avait pas encore remarqué, et n'avait aucune idée de ce qu'il s'était passé entre Jana et moi, c'était une coïncidence folle qu'il choisisse la table juste derrière celle où Eli et moi étions installés. Jana ne m'avait pas encore vu, et je ne savais pas si je voulais qu'elle me voie ou non. Je n'avais pas de bonne raison d'avoir annulé mon diner avec elle, mais au moins, j'étais là avec un ami. Avant que je ne puisse faire quoi que ce soit, Ethan me regarda avec un petit sourire.

— Salut, mec. Ça fait longtemps, dit-il en guise de salutation.

— Ça fait plaisir de te voir. Comment ça va ? demandai-je alors que Liam tirait une chaise pour sa femme, une chirurgienne orthopédique bien connue à Seattle.

Zoe s'installa à côté d'Ethan. Ethan et Liam étaient tous les deux fous de leur femme, et c'était assez drôle à voir. Ils m'avaient connu à une époque où j'étais fiancé, à un moment de leurs vies où ils couraient les jupons et trouvaient ça assez ridicule de se caser si jeune.

— Tout va bien, répondit Liam en s'asseyant. Et toi ?

Je haussai les épaules.

— Ça va.

Je ne pouvais pas prétendre que je ne ressentais plus de douleur lorsque je pensais à ma carrière avortée dans le monde du foot. Mon accident de voiture et mes blessures n'auraient pas pu arriver à un pire moment. S'il ne m'avait pas fallu si longtemps pour me remettre, j'aurais eu une chance de revenir dans le jeu. C'était la vie, et je l'avais accepté en grande partie, mais ça ne voulait pas dire que je n'avais aucun regret. J'étais chanceux dans le sens où l'argent n'avait jamais été un problème pour moi.

Ethan me regarda quand ils se retrouvèrent tous installés.

— Je savais que tu étais toujours à Seattle, mais ça fait un moment que je ne t'ai pas vu.

— C'est souvent une bonne chose de ne pas me voir, lançai-je.

Liam rit.

— C'est vrai. Tu as rencontré Olivia ? demanda-t-il en désignant sa femme.

— J'en ai pas eu le plaisir.

Liam fit un clin d'œil.

— Oh, et c'est un plaisir, ça, c'est sûr.

Elle lui donna un coup de coude.

— Ravie de te rencontrer. Je suis Olivia. Et tu es...?

— Finn Connors. On se connaissait à la fac avec les gars.

Olivia était très jolie avec ses cheveux bouclés noirs, ses grands yeux verts et sa peau claire. Elle semblait être une bonne partenaire pour Liam, capable de le gérer. Depuis aussi longtemps que je le connaissais, il avait toujours été très dragueur.

Jana me fit coucou de la main en s'installant à côté de Zoe. Si elle avait une opinion sur le fait que j'ai annulé notre soirée, elle ne le montra pas.

Olivia la regarda.

— Comment tu connais Finn ? demanda-t-elle.

— Oh, c'est le policier qui s'est occupé de mon accrochage la semaine dernière, expliqua-t-elle.

Zoe jeta un œil vers Jana, puis vers moi, avec un regard scrutateur.

— Finn est le gentil policier qui l'a déposée au boulot après ça.

J'inclinai la tête.

— C'est vrai. Elle avait un pneu crevé.

— Ta voiture roule ? demanda Olivia.

— Oui, c'est bon. Le garage a réparé mon pare-chocs et ma roue le jour même. Elle est comme neuve, dit Jana, son regard brûlant se posant sur moi.

Je regardai Jana, mon corps était frustré de ne pas être assis plus près d'elle tout de suite. Je leur présentai Eli et la conversation continua. À un moment, Eli se leva pour partir.

— Je ne peux pas rester trop tard, sinon ça gâche la routine du bébé. Et puis, de toute façon, les Seahawks sont en train de perdre, ajouta-t-il en riant.

Il sortit sous la pluie. Jana s'était levée pour aller aux toilettes, et quand elle revint, ses yeux se posèrent sur la chaise libre d'Eli. Elle s'y installa en annonçant :

— Je ne vais pas te laisser tout seul dans ton coin.

Son regard joueur trouva le mien et ma queue réagit. Je ne pus m'empêcher de lui sourire. Ses sourires étaient irrésistibles. Elle semblait plutôt fière d'elle. Ma tentative de prendre mes distances avec elle semblait inutile. J'étais vraiment soulagé qu'elle soit venue diner ici avec ses amis, par hasard. Parce que ça voulait dire que je pouvais être près d'elle. Mon corps était accro. Le désir s'emparait lentement de moi avec sa morsure distincte. Son odeur arriva jusqu'à moi. Fraise. Je ris presque à voix haute. De toutes les choses qui auraient pu devenir un rappel permanent de la présence de quelqu'un d'autre, je ne pensais pas que ce serait l'odeur des fraises. Mes rencontres avec Jana avaient tatoué l'odeur dans mon esprit, l'associant à elle pour toujours.

Liam et Ethan parlaient de quelque chose. Zoe jeta un coup d'œil vers Jana et moi, avec un sourire poli.

— Je ne sais pas si tu t'en souviens, mais on s'est rencontrés deux ou trois fois.

— Bien sûr que je m'en souviens. On est souvent à des côtés opposés du tribunal.

Zoe hocha la tête et me fit un grand sourire.

— Oui, c'est vrai.

Jana nous regarda tous les deux.

— Oh, je n'avais même pas pensé à ça. Je parie que tu détestes Zoe, déclara-t-elle.

Je ris doucement.

— Elle fait son boulot, et elle le fait plutôt bien.

J'espérais silencieusement que Zoe ne s'occupait pas de mon nouveau dossier, parce que c'était une très bonne avocate. Mais je me disais qu'il valait mieux ne pas dire ça. Zoe répondit à ce qu'Olivia disait, et Jana me regarda. J'aurais pu me perdre dans ses yeux, bleu ciel et espiègles.

— Donc tu as choisi un ami plutôt que moi pour ce soir ? demanda-t-elle.

J'hésitai à mentir et à lui dire que j'avais oublié que j'avais prévu de voir Eli, mais ça ne me paraissait pas juste.

— On dirait. Je ne m'attendais pas à ça, dis-je, ces derniers mots m'échappant sans le vouloir.

Elle écarquilla un peu les yeux et pendant un moment, je crus qu'elle allait faire une blague. Mais non.

— Moi non plus, dit-elle enfin, avec une voix douce. Donc, vendredi ? demanda-t-elle.

Sa question eut l'effet involontaire de me faire regretter mon cynisme à propos des relations amoureuses. La façon dont les choses s'étaient déroulées avec Kristen m'avait fait beaucoup de mal, ne serait-ce que parce que ça m'avait surpris, et parce que c'était arrivé à un moment de ma vie où je vivais de grands changements. Je ne m'étais pas attendu à vouloir une vie avec quelqu'un un jour après ça.

Je fixai Jana du regard alors que mon cerveau travaillait dur. Je savais ce que voulait mon corps. Je ne voulais pas avoir à attendre pour la revoir. Par réflexe, face au désir fou que je ressentais pour elle, je me forçai à attendre, et j'acquiesçai.

Elle me fit un petit sourire en coin, et je le sentis comme un coup en plein cœur.

— Pas ce soir ? demanda-t-elle, sa voix montant d'une octave à la fin de sa question.

J'avais envie de tendre la main vers elle et de la prendre sur mes genoux pour terminer ce qu'on avait commencé plus tôt. Mais ce n'était pas une bonne idée. Donc je secouai la tête, terminant ma bière et me levant de ma chaise.

— Je commence tôt demain.

Son sourire ne changea pas un instant, mais je vis une pointe de vulnérabilité dans ses yeux comme plus tôt, et ça tira les ficelles de mon cœur. Je fis un signe de main au groupe et partis, m'endormant plus tard en repensant à la chaleur de son corps sur mes doigts et à cet air de vulnérabilité dans ses yeux.

Chapitre Douze

JANA

Je retins un gros mot, me contentant d'un regard noir vers le téléphone posé sur mon bureau.

— Bien sûr, monsieur Simmons. Nous pouvons repousser votre rendez-vous avec madame Walsh sans souci, dis-je avec une voix si douce que je m'agaçai toute seule.

Monsieur Simmons, toujours très exigeant, finit par choisir un horaire et je raccrochai, plutôt fière de moi de ne pas lui avoir dit d'aller se faire voir.

Zoe sortit de son bureau et s'appuya contre le bureau d'accueil.

— Qu'est-ce que c'était que ça ? demanda-t-elle.

— Oh, c'était monsieur Simmons. Il a décalé son rendez-vous. Encore une fois, dis-je joyeusement en levant les yeux au ciel.

— Oh, mon Dieu. Il est vraiment impossible avec ça. Je crois que je n'ai jamais eu un rendez-vous avec lui qui n'ait pas été décalé au moins trois fois, répondit-elle en secouant lentement la tête.

— Ouais, donc j'ai eu la joie de parler avec lui après m'être battue avec mon assurance pour ce fichu accrochage. Le gars qui m'est rentré dedans est un con. Et même s'ils ont un rapport de police qui dit que l'accident était de sa faute, ils essaient de négocier un accord pour qu'il n'ait pas à tout couvrir. C'est pas grand-chose, mais c'est le genre de chose qui me met hors de moi.

Zoe me lança un sourire amusé.

— Ton assurance est sans doute plus énervante que monsieur Simmons. Laisse ta compagnie d'assurance s'en charger. N'en fais pas ton problème.

Elle savait que j'avais tendance à m'énerver sans raison pour de petites choses comme ça.

— Tu seras heureuse d'apprendre que je leur ai déjà dit de s'en occuper eux-mêmes.

Ce que je n'ajoutai pas, c'était que j'étais de mauvaise humeur depuis mon réveil ce matin. Je n'arrivais pas à me remettre de ma rencontre avec Rick. Je me sentais à côté de mes pompes. J'avais réussi à écarter mon agitation interne pendant un instant avec cette rencontre torride dans la voiture de Finn. Mais ça m'avait fait mal qu'il annule notre diner. Ça n'aurait pas dû me faire mal. On n'avait passé qu'une nuit ensemble. C'était tout. Je n'aurais pas dû me poser trop de questions. Mais je semblais incapable de me raisonner.

Pendant ma nuit agitée – le moment parfait pour disséquer toutes les choses inutiles –, je m'étais convaincue que c'était à cause de la vulnérabilité que j'avais ressentie après avoir vu Rick. Finn avait réussi à me donner l'impression que je pouvais baisser ma garde. Ce n'était pas malin. La dernière chose qu'il me fallait était de prendre cette histoire au sérieux trop vite. J'avais retenu la leçon. De façon très douloureuse.

— Qu'est-ce qui t'arrive ? demanda Zoe, son regard perspicace observant mon visage.

Zoe me connaissait bien, c'était l'une de mes meilleures amies. Elle était sans doute la seule personne à qui je pouvais parler. Je me reculai sur ma chaise avec un soupir, enroulant une mèche de cheveux sur mon doigt.

— Je ne sais pas. Je suis sortie avec Finn le weekend dernier, annonçai-je.

Elle écarquilla les yeux et s'installa sur une chaise en face de mon bureau.

— Pourquoi tu ne m'as pas raconté ça plus tôt ? Tu ne sors jamais avec personne. C'est une sacrée histoire.

Je bougeai sur ma chaise, mal à l'aise, car le fait que je ne lui ai pas dit en disait long.

— Je ne sais pas. Je crois qu'il me plaît vraiment, et je crois que c'est une bêtise.

Son regard s'adoucit.

— Pourquoi c'est une bêtise ? Il a l'air vachement gentil comme gars. Enfin, ce n'est pas comme si j'avais passé beaucoup de temps avec lui, mais de ce que je sais, il est fiable, dit-elle honnêtement.

— Je sais. Il est gentil, mais je n'ai pas l'impression qu'il cherche quoi que ce soit de stable. T'as entendu ce qu'Ethan a dit. Depuis que son ex l'a largué, il ne fait plus dans le sérieux avec qui que ce soit.

Zoe pencha la tête sur le côté.

— Tu ne sais pas. Ethan a aussi dit qu'il ne le voyait pas beaucoup.

— Je sais, je sais. C'est juste l'impression que j'ai, dis-je enfin.

Finn était un dragueur, et j'avais vu ça dès le moment où je l'avais rencontré, même quand il essayait de rester professionnel. C'est pour ça que je n'avais pas eu peur de le draguer si frontalement. Je ne m'attendais pas à ressentir la vulnérabilité que je ressentais avec lui. Honnêtement, je ne cherchais rien de sérieux depuis mon histoire désastreuse. Ce n'était pas parce que je ne voulais pas trouver quelqu'un un jour, c'était surtout parce qu'une partie de moi avait l'impression de ne pas le mériter. Ça avait été dur de ne pas prendre tout ce qui avait été dit sur moi au sérieux après la débâcle. Même si je pouvais me dire qu'il m'avait menti aussi, je me sentais quand même stupide.

Je levai les yeux et réalisai que Zoe attendait patiemment.

— C'est juste une impression, expliquai-je enfin.

Elle me regarda un moment de plus, adossée à sa chaise, tapotant l'accoudoir.

— Et si tu te détendais et tu essayais de t'amuser, au lieu de penser à la suite ?

— Qu'est-ce qui te fait croire que je ne m'amuse pas ? rétorquai-je, sur la défensive.

Zoe me regarda d'un œil sombre.

— Euh, parce que tu viens de le dire.

Je la regardai un instant et me mordis la lèvre avec un soupir.

— Faut croire. Je crois que je suis un peu bizarre là-dessus parce que je ne me suis pas amusée autant depuis des années. Et la dernière fois, ça a été un désastre.

Zoe soupira lourdement et me lança un regard noir.

— Rick Douglas est un connard, il t'a menti et t'a traitée comme de la merde. C'est pour ça que ça a été un désastre. Pas parce que tu as surinterprété la situation. Tu es du genre à faire confiance aux gens, et il en a profité.

J'enroulai mes cheveux sur mon doigt pour occuper mes mains en regardant Zoe.

— Je sais que c'est un connard, mais ça n'a rien arrangé pour moi.

— Bien sûr que non. Mais ça ne veut pas dire que tous les gars sont pareils, expliqua Zoe.

— Je sais que tous les gars ne sont pas comme ça. Ethan est super.

Zoe sourit doucement, rougissant un peu. Elle n'avait jamais vraiment eu confiance en elle de cette façon. J'étais si heureuse qu'Ethan ait vu au travers de son attitude super-intelligente-professionnelle-avocate-pas-drôle, cette armure, et ait vu la femme brillante, belle et sexy qu'elle était. C'était l'une des personnes les plus généreuses que je connaissais et elle n'avait pas hésité à être là pour moi à un moment où d'autres amis — surtout mes amis d'école d'avocats — avaient choisi de s'éloigner. Le cabinet de Rick était important, et il pesait lourd dans les cercles juridiques de Seattle. Et même si cette histoire avait laissé une trace sur sa réputation, ça n'avait rien à voir avec ce que j'avais vécu. Il y avait clairement deux poids, deux mesures.

— Je pense que Finn est un gars bien, répéta Zoe. J'ai posé des questions à Ethan sur lui après qu'on l'a croisé la nuit dernière.

— Ah bon ?

— Bien sûr. Ça se voit qu'il te plait, et après avoir vu la façon dont il te regarde, j'étais certaine qu'il te kiffait.

— Je croyais qu'Ethan avait dit qu'il ne le voyait pas souvent.

— Nan bien sûr, mais ce n'est pas comme s'il n'avait pas un peu de contexte sur ce gars, répliqua-t-elle.

Je restai silencieuse, résistant à l'envie de lui

demander de me raconter tout ce qu'elle savait. Je levai les yeux vers elle et vis qu'elle se retenait de rire.

— Oh, arrête !

Elle explosa de rire.

— J'avais envie de voir combien de temps tu pouvais tenir avant de me demander ce qu'Ethan avait dit.

— D'accord. Raconte, dis-je en faisant un signe de main pour lui dire d'accélérer.

— OK, donc voilà les détails. Il vient de Londres. Ethan ne le connaissait pas avant la fac, mais Finn a terminé un an d'université en Angleterre avant de recevoir sa bourse d'études pour l'université de Washington. Ethan dit que c'est un gars gentil. Apparemment, la famille de Finn est super riche, et personne ne le sait. Il parait que même sa fiancée ne savait pas qu'il a un héritage qui arrive à ses 35 ans.

J'ouvris la bouche de surprise.

— Tu déconnes. C'est un flic.

— Exactement. Ça en dit long sur lui qu'il ne se tourne pas les pouces en attendant son argent.

— J'imagine, répondis-je en me demandant ce que ça voulait dire.

— Bref, quand Finn était à la fac, il s'est fiancé et la vie était belle de ce qu'Ethan savait. Puis il s'est fait rentrer dedans par un gars qui conduisait saoul et il a été gravement blessé. Il s'est cassé plusieurs os, et il lui a fallu un an et demi avant de pouvoir recommencer à jouer. Ethan a entendu dire qu'il a eu un problème sur l'une de ses chevilles fracturées, une infection, je crois. Personne ne savait s'il allait vraiment pouvoir reprendre. Mais quand il s'est enfin remis, il avait terminé ses études et le monde du foot était passé à autre chose. Il était sur le point de se marier, et quelques jours avant le mariage, elle l'a largué. Ethan dit que la rumeur était qu'elle n'était plus intéressée maintenant qu'il n'avait plus de chance de devenir pro. Ce qui est vraiment pourri si tu veux mon avis. Je me fiche bien du fait qu'Ethan soit un joueur de foot professionnel ou non. Ce n'est pas une raison d'épouser quelqu'un, dit-elle d'un ton de dégoût.

Je ne connaissais même pas le nom de l'ex de Finn, mais j'avais déjà décidé que c'était une connasse superficielle et sans cœur.

— C'est quoi son nom ? demandai-je.

— Kristen. Ethan ne sait pas grand-chose sur elle. Tout ce qu'il sait est qu'elle était fiancée à Finn. Il a dit qu'elle était jolie, plutôt classique – blonde, bien habillée et tout ça.

En gros, rien à voir avec moi. Je ne pus m'empêcher de rire. Classique n'est vraiment pas un mot qu'on utiliserait pour me décrire. J'étais tout l'inverse d'une femme classique.

— Finn s'intéresse sans doute à moi parce que je représente une nouveauté pour lui, dis-je.

— Oh mon Dieu !

Zoe claqua sa main sur l'accoudoir de la chaise avec un grand soupir.

— Tu n'es pas juste une nouveauté. J'ai vu la façon dont il te regarde. Oui, il te trouve canon, mais c'est parce que tu l'es. Tu es splendide. Mais il t'aime bien aussi.

— Comment tu peux savoir ça ? demandai-je.

J'avais l'impression d'être de retour au lycée, dévorée par mes insécurités à cause d'un homme.

— C'est la façon dont il te regarde. Waouh, il te plait vraiment, ce gars, dit-elle.

Je me tortillai sur ma chaise, mal à l'aise, prenant un crayon pour jouer avec.

— Pourquoi tu dis ça ?

— Parce que tu n'es jamais comme ça avec les gars. T'es toujours ultradétendue, ça va, ça vient, c'est la vie. Je t'ai toujours connue comme ça depuis Rick. Je sais que ça t'a fait du mal, mais tu n'es pas obligée de te laisser bouffer comme ça. Tu ne te laisses rien faire d'autre que de l'ultratemporaire, fit-elle remarquer.

Je savais qu'elle n'avait pas tort. Je ne me laissais pas réfléchir à ce genre de choses souvent.

— Je me suis sentie stupide avec Rick parce que j'aurais dû me rendre compte de qui il était.

— Et alors ? Ce n'est pas parce que tu t'es lancée dans une histoire sans partir du principe que l'autre était un con que tu es stupide.

Sans cesser de jouer avec mon stylo, je haussai les épaules.

— Je n'aurais pas dû sortir avec quelqu'un avec qui je travaillais. Ce n'était pas un très bon choix de ma part.

— Bienvenue au club, dit-elle en levant les yeux au ciel.

Zoe s'était mise avec Ethan alors qu'elle était son avocate.

— Pas pareil. Ethan est fou de toi et c'est un gars génial, dis-je.

Zoe leva les yeux au ciel.

— D'accord. J'ai fini avec un gars en or en grande partie parce que tu m'as poussée à arrêter de me mettre des bâtons dans les roues. Je t'ai toujours vue comme une personne ultracourageuse par rapport à moi. Tu n'as pas peur de prendre des risques, et c'est ce que tu as fait avec Rick. Faire confiance aux gens est bien mieux que de passer son temps à chercher ce qui ne va pas dès le début.

— Ouais, c'est ça. Prendre des risques a gâché ma vie.

— Je sais, mais maintenant tu sais ce qui est important dans ta vie.

— Oui. Tu es ma meilleure amie, dis-je honnêtement.

Elle me lança un sourire.

— Alors pourquoi est-ce que tu ne m'écoutes pas ?

Je plissai le nez.

— D'accord, qu'est-ce que tu essaies de me dire ?

— Détends-toi, et profite.

— Tu connais à peine Finn. Et si c'était un connard au fond ? rétorquai-je.

Zoe me lança un regard noir.

— Je suis une avocate pénaliste. J'ai un très bon instinct. Et je n'ai aucun mauvais pressentiment à propos de Finn. Il a l'air gentil et facile à vivre. Ça ne te ferait pas de mal de te détendre et d'arrêter de stresser là-dessus. Vous êtes sortis ensemble une fois. C'est tout. Pas besoin d'amplifier le truc.

Je la fixai du regard, me mordant la joue.

— D'accord. Je me suis plus ou moins convaincue d'annuler notre diner de ce soir.

— Ne fais pas ça ! s'exclama-t-elle. Je suis là, à essayer de te vendre ce gars, et tu ne prends même pas la peine de me dire que tu le vois ce soir.

— Je n'étais pas sûre que j'allais y aller, marmonnai-je.

— Vas-y. Ne sois pas bête. Ça te rassurerait si Ethan et moi, on se joignait à vous ?

Une partie de moi ne voulait pas de ça parce que je voulais être seule avec Finn. Ça aurait dû être un indice sur le fait que j'étais déjà trop engagée. Mais je faisais confiance au jugement de Zoe.

— Oui, faisons ça, répondis-je enfin.

— Sérieusement ? J'étais sûre que tu allais dire non.

Je ris et haussai les épaules timidement.

— Bah, tu m'as trouvé toutes ses infos sur lui. Le moins que je puisse faire est de te laisser venir avec nous.

Ce que je ne dis pas à voix haute, c'était que je me tiendrais sans doute mieux si Ethan et elle étaient là pour calmer la folie que je ressentais quand j'étais avec Finn.

D'une certaine façon, j'étais courageuse et je prenais des risques, comme Zoe disait. Mais c'était quelque chose de superficiel. C'était ce que je trouvais si déstabilisant avec Finn. Rien n'était superficiel avec lui.

— D'accord, où et quand ? demanda Zoe. Oh, et tu veux peut-être voir avec lui d'abord ?

— Nan. C'est un rendez-vous à quatre. J'ai décidé.

— Tu es sûre que tu ne veux pas voir avec lui ?

— Ouaip. Il fera avec ou non.

Elle rit doucement et se leva, ajustant sa jupe. Elle se dirigea vers son bureau et je me levai pour la rattraper, pour la prendre dans mes bras.

— Tu es la meilleure des meilleures amies ! m'exclamai-je en reculant.

— Pareil, dit-elle avec un rire.

Je me calmai.

— Non, sérieusement. Merci. Je sais que je suis un peu folle avec Finn, et pas complètement rationnelle.

— Je comprends. Entièrement. Rappelle-toi comme j'étais avec Ethan au début.

— Ah oui. Tu as même pris des jours de congés alors qu'il était au bout de sa vie et ne savait plus quoi faire.

Elle me donna un petit coup de coude.

— Exactement. Tu as le droit de perdre la tête. Bref, n'oublie pas de me donner un lieu et une heure pour ce soir avant de partir. OK ?

Avant de passer la porte de son bureau, elle se retourna une dernière fois.

— Au fait, tu m'as fait une promesse.

J'avais promis à Zoe que je finirais d'envoyer mon dossier pour me réinscrire en école d'avocats. Ça faisait trois ans que j'avais dû abandonner pour m'occuper de ma mère. Il me restait encore un mois pour me réinscrire sans avoir à recommencer tout le processus de zéro. Il fallait que j'envoie ces papiers.

— Il me reste trois semaines, répondis-je.

Zoe me lança un regard noir.

— C'est des conneries. Tu étais l'une des meilleures de notre classe. Crois-moi, tu es une super assistante juridique et ça va être dur sans toi, mais il faut que tu deviennes avocate. On s'est déjà mises d'accord sur le fait que tu rejoindrais le cabinet avec moi, alors fais-le !

— Comment est-ce qu'on va se trouver une bonne assistante juridique ? rétorquai-je.

— Je ne sais pas, mais on trouvera. Ne reviens pas sur ta promesse, m'ordonna-t-elle alors qu'elle se retournait pour entrer dans son bureau.

Ma poitrine se serra. Zoe était le meilleur genre d'amie. Je faillis me mettre à pleurer. Elle me poussait hors de ma zone de confort sur le plan professionnel et personnel et elle me soutenait à chaque étape. Il ne me restait qu'un seul semestre à valider pour avoir mon diplôme, puis il fallait que je passe le barreau. Zoe serait là pour ça, et continuerait de me pousser à explorer mon histoire avec Finn. Et même si je ne pouvais pas ignorer mes inquiétudes à propos de lui, Zoe m'avait au moins convaincue d'essayer.

Chapitre Treize

FINN

Je fixai mon téléphone et retins un autre rire. Les messages de Jana étaient maintenant la meilleure partie de ma journée, ne serait-ce que parce qu'ils étaient complètement ridicules. Elle m'avait écrit un peu plus tôt pour m'annoncer que notre diner serait maintenant un rendez-vous à quatre avec Ethan et Zoe, ce qui m'allait parfaitement. Égoïstement, j'avais envie de ne la partager avec personne, mais une dose de bon sens m'aiderait peut-être à garder la main sur mon corps. J'avais l'impression d'entrer dans un tunnel quand il s'agissait d'elle. Je portais des œillères. Sans parler du fait qu'Ethan était un gars sympa, et même si Zoe se tenait souvent de l'autre côté du tribunal, je la respectais profondément en tant qu'avocate. Elle n'était pas du genre à dépasser les limites, et elle était toujours directe.

Après son message, Jana m'avait envoyé une série de photos ridicules. Je ne savais pas qu'il y avait toute une industrie dédiée à la création de sucreries cochonnes. J'avais tout vu cet après-midi, comprenant que le gâteau en forme de pénis que j'avais vu sur son téléphone n'était que le début. J'avais vu des seins avec un glaçage très particulier, un corps humain tout entier avec un glaçage qui délimitait les organes, et un gâteau-bite installé sur le capot d'une vieille Mustang. Je n'osais pas me demander ce que le propriétaire de la voiture avait ressenti en voyant ça.

Je rangeai mon téléphone dans ma poche et rentrai chez moi pour me changer. Jana ne cessait de me supplier de venir diner avec elle en uniforme, mais je refusais. J'avais décidé de voir notre petite rencontre dans ma voiture comme un moment de folie, parce que j'étais en service et on avait déjeuné ensemble. Mais je ne pouvais pas faire le choix de porter mon uniforme juste pour lui faire plaisir. Même si c'était terriblement tentant.

Après une douche rapide, je me mis en route vers l'appartement de Jana. Quand je frappai à la porte, elle s'ouvrit d'un coup, et un grand bruit retentit au fond de l'appartement en même temps. Elle se retourna.

— Smokey ! Qu'est-ce que tu fous ? appela-t-elle.

Je regardai vers Smokey qui chassait une balle de laine dans la pièce, alors qu'un vase brisé, de l'eau et des fleurs se répandaient sur le sol de la cuisine. Je retins mon rire et regardai Jana traverser la pièce. Cette vue ne me dérangeait en aucun cas. Elle portait une autre jupe, un peu plus courte et qui dansait avec ses pas. Elle épousait ses hanches puis s'évasait au niveau des genoux. Elle portait des bottes de cowboy et un legging avec un chemisier lâche par-dessus sa jupe. Son chemisier était en soie violette presque transparente, qui laissait apparaitre son soutien-gorge noir.

Je doutais qu'elle ait décidé de me faire bander à la seconde où je la voyais, mais c'était le cas. Je déglutis et la regardai ramasser la laine avant d'attraper la pelle et le balai et de nettoyer le vase cassé.

— Tu veux de l'aide ? demandai-je.

Elle leva les yeux avec un sourire.

— Nan. Ça va.

Après qu'elle eut jeté le vase dans la poubelle de la cuisine, elle sauva les fleurs et me désigna un placard au-dessus de l'évier de la cuisine.

— Tu peux attraper un vase là-dedans et le remplir d'eau ? Je crois que je peux les sauver.

Je m'avançai vers le placard et trouvai le vase dont elle parlait. En me tournant, je demandai :

— Tu es sûre qu'il ne va pas les renverser à nouveau ?

Elle haussa les épaules.

— Peut-être, peut-être pas.

Smokey ne paraissait pas du tout désolé et était assis sur le canapé en train de se nettoyer les pattes. Je remplis le vase bleu d'eau et le posai sur le comptoir, là où Jana m'avait demandé de le mettre. Je plongeai mes mains dans mes poches et la regardai arranger les fleurs dans le vase.

Smokey choisit ce moment-là pour me sauter encore une fois dans les bras. Je réussis à l'attraper par miracle.

— Bon sang, Smokey, dis-je avec un petit rire en ajustant ma prise.

Jana nous regarda et gloussa.

— Sois heureux qu'il t'aime bien.

— C'est un test ? demandai-je.

Elle arrêta ce qu'elle faisait un moment et me regarda. Pendant un instant, son regard devint sérieux et quelque chose traversa ses yeux. L'air entre nous se mit à vibrer.

Elle secoua la tête et rit doucement.

— Non. Smokey n'est pas un test. Crois-moi, je suis simplement contente qu'il t'aime bien. C'est toujours un bon signe, non ?

— Je ne sais pas si les chats sont aussi clairs que les chiens là-dessus, lançai-je.

— Probablement pas.

Elle se rinça et se sécha les mains rapidement avant d'attraper son manteau de pluie sur le porte-manteau à côté de la porte.

— On est prêts, ou est-ce que tu veux rester là à tenir Smokey ? demanda-t-elle avec un sourire joueur.

— On est prêts, dis-je en posant Smokey doucement sur le canapé.

Il me regarda, déçu, puis recommença à faire sa toilette.

Peu de temps après, on arriva au restaurant où on retrouvait Ethan et Zoe. Tout trajet en voiture avec Jana était une forme de torture. Fraise. Encore une fois, cette odeur de fraise. L'équivalent humain du chien de Pavlov. Dès que je sentais l'odeur de Jana, mon corps entier vibrait d'attente.

Elle s'accrocha à sa capuche tandis qu'on courait sous la pluie. Elle riait quand on passa la porte du restaurant, écartant ses cheveux humides de son visage. Je baissai les yeux et me retins de l'embrasser. Sa peau était humide à cause de la pluie et ses yeux brillaient. Bordel. Elle était vraiment un danger pour ma santé mentale.

Jana jeta un œil dans la pièce et ses yeux s'illuminèrent quand elle vit Ethan et Zoe dans le coin du fond. Elle prit ma main et me tira à travers le restaurant. Elle bousculait les règles de la bienséance. Elle ne s'embarrassait pas d'attendre quelqu'un, ni quoi que ce soit.

Je me laissai entrainer par sa démarche plutôt

brutale, admirant le mouvement de ses hanches généreuses et le mouvement dansant de sa jupe sur ses genoux. Ma queue passait un bon moment aussi. Je me forçai à lever les yeux, me rappelant sévèrement que nous étions en public.

Ethan croisa mon regard et me lança un sourire quand on arriva à la table.

— Salut, mec. Ça va ?

— Bien, et toi ?

— Ça va, ça va, répondit-il alors qu'on s'installait sur la banquette en face d'eux.

Le serveur, qui portait un nœud papillon rouge et vert pour aller avec les décorations de Noël étalées dans le restaurant, arriva pour nous servir de l'eau et prendre notre commande de boissons. Zoe et Jana décidèrent de partager une bouteille de vin alors qu'Ethan et moi commandions des bières. Le serveur nous lista quelques plats du jour puis partit. Zoe me sourit. Je réalisai que c'était la première fois que je la voyais avec les cheveux détachés. Dans le monde professionnel, c'était une avocate stricte : elle portait toujours un chignon et était bien habillée. Avec Ethan, elle était bien plus détendue et avait l'air plus douce. Bon sang, il était vraiment fou d'elle. Il avait son bras sur ses épaules pendant qu'on parlait, il la touchait dès qu'il en avait l'occasion alors que la conversation suivait son cours. On passa le stade des banalités.

Ethan me demanda comment se passait mon travail, et il y eut quelques moments de gêne, impossibles à éviter quand je croisais des gens avec qui j'avais joué. Je savais que c'était inévitable avec lui.

— Donc tu t'es bien adapté ? demanda-t-il.

Je le regardai et haussai les épaules.

— La vie est déjà assez aléatoire comme ça, répondis-je.

Ethan soutint mon regard un instant. Cela faisait presque dix ans que ma vie avait pris ce tournant. Alors qu'Ethan jouait encore, avec certains des gars que nous connaissions à l'époque. Mais ce n'était pas le cas de tout le monde. Une blessure pouvait causer beaucoup de problèmes. Je ne dirais pas que je n'avais pas de regrets, mais j'étais en grande partie passé à autre chose. Je n'avais pas eu le choix.

Ethan acquiesça après un moment.

— Je suis désolé que ça se soit passé comme ça, dit-il enfin.

Je haussai les épaules encore une fois.

— C'est la vie. On contrôle pas tout, et soit on fait avec et on continue d'avancer, soit on s'arrête là, expliquai-je.

Je sentis le regard de Jana sur moi et me tournai vers elle. Je ne savais pas ce qu'elle pensait de cette brève conversation, mais ses yeux ne trahissaient rien. Elle détourna rapidement le regard pour prendre son verre de vin. Elle regarda Zoe.

— Je ne pense pas vous avoir raconté le jour où le sergent Finn, ici présent, s'est occupé de mon petit accident de voiture, et je lui ai tendu mon téléphone en oubliant complètement ce que j'avais sur mon fond d'écran.

Le regard de Zoe se mit à pétiller et elle rit doucement.

— Oh, ça a dû te faire sacrément rire, dit-elle en me regardant.

— Oh oui, répondis-je avec un petit rire.

Ethan nous regarda tous.

— Qu'est-ce que c'était ?

— Tu te souviens de l'enterrement de vie de jeune fille de Daisy ?

— Oui ? répliqua Ethan en lui faisant signe de continuer.

— Eh bien, Olivia a commandé des gâteaux d'une boulangerie complètement folle, et tous les gâteaux étaient...

Ethan termina sa phrase pour elle.

— Oh, ces fichus gâteaux en forme de bite, dit-il en secouant la tête.

Il croisa mon regard en levant le menton.

— Ce groupe de nanas perd la tête quand elles sont ensemble. Tu as rencontré Daisy ? C'est la femme de Tristan.

— Nan. Je ne l'ai pas vu depuis un moment, expliquai-je.

Je n'étais pas particulièrement proche de ces gars, mais on avait des amis en commun, simplement parce que ces relations dataient de l'époque à laquelle je jouais encore. Puis j'avais eu mon accident. Comme certains d'entre eux avaient déménagé à Seattle pendant que j'avais essayé de faire ma vie, je les voyais de temps en temps. J'avais croisé Liam plusieurs fois, et on prenait une bière par-ci par-là. C'était pareil avec Ethan, et aussi avec Tristan, et un autre joueur anglais, Alex. Mais aucun d'entre eux n'avait vraiment fait partie de ma vie depuis mon accident.

Je supposais que c'était parce qu'ils étaient sans doute mal à l'aise avec le fait qu'ils jouaient encore alors que je ne pouvais plus. Ça ne valait pas la peine de s'attarder sur le sujet, donc je ne le faisais pas.

— Comment va Tristan, au fait ? demandai-je.

— Il s'est complètement posé. Le plus grand tombeur que j'aie jamais connu, et il est tombé amoureux de Daisy au premier regard, dit Ethan avec un sourire amusé.

Je ris doucement. Tristan était vraiment un

tombeur, mais pas un coureur de jupons pour autant. Il avait toujours été plutôt discret. Il ne faisait pas de vague et essayait de ne pas se retrouver en couverture des magazines. J'étais aussi surpris que les autres d'apprendre qu'il se mariait.

— T'as bien raison. Il s'était tellement moqué de moi à l'époque où j'étais fiancé.

Ethan leva les yeux au ciel et passa ses doigts dans les cheveux de Zoe qui tombaient sur ses épaules. Il leva une épaule doucement.

— Ouais. Il s'est moqué de moi à propos de toi aussi, dit-il en se tournant vers Zoe et en l'embrassant sur la joue.

Il se redressa et croisa mon regard à nouveau.

— Mais c'est aussi lui qui m'a ramené à la raison. Maintenant, il faudrait un bulldozer pour me faire bouger, dit-il en regardant Zoe avec un regard brûlant et impossible à manquer.

Zoe rougit doucement, et elle serra la main qu'il avait posée sur son épaule avant d'attraper son verre à vin. En nous regardant tous les deux, elle but une gorgée puis pencha la tête sur le côté.

— Donc, j'ai entendu dire que tu t'occupais d'un dossier compliqué.

Je savais exactement de quel dossier elle voulait parler. C'était en couverture de tous les journaux depuis quelques jours.

— Ouais, on peut dire ça.

— Quel dossier ? demanda Jana.

— Celui dont les journaux ne cessent de parler. Ray Sutton a été arrêté pour avoir tabassé sa femme, dit Zoe très directement.

Jana me regarda avec de grands yeux.

— Tu t'occupes de ça ?

— Pas tout seul, mais je suis le sergent chargé de l'affaire. Mon boulot est plus ou moins terminé.

— Monsieur Valeurs Familiales mon cul, dit Jana en levant les yeux au ciel.

— Je suis bien soulagé de savoir que tu n'es pas son avocate, dis-je quand Zoe hocha la tête avec Jana.

Zoe sourit.

— Je n'aurais pas accepté son dossier, même s'il avait demandé.

— Ah ouais ? répliquai-je.

— Certainement pas. Je ne prends pas ce genre de cas, d'habitude. Je ne dis pas que je les refuse tous, mais j'essaie de me concentrer sur des clients que je pense pouvoir honnêtement défendre. Et Ray Sutton n'est pas sur cette liste, pour de bonnes raisons. De tout ce que j'ai vu sur ce dossier, vous avez du solide.

— Oui. Pour l'instant, ajoutai-je.

Zoe acquiesça avec un soupir. On ne parla pas plus du dossier. J'étais conscient que Zoe savait aussi bien que moi que même si on avait actuellement un témoin et une victime prête à témoigner, ces deux choses pouvaient changer. Notre plus grande faiblesse dans ce dossier était la femme de Sutton jusqu'à ce que l'affaire soit close. J'avais déjà géré des histoires de violences domestiques où on arrivait au procès, où on avait obtenu une condamnation et où la victime avait ensuite supplié le procureur d'annuler les chefs d'accusation. C'était souvent l'agresseur qui les forçait à demander ça.

La conversation passa à un sujet plus léger, alors qu'Ethan sortait un flot régulier de blagues. Il semblait adorer embêter Zoe. Elle était plus sérieuse que lui, mais elle était joueuse. Je regardai Jana en me demandant de quoi nous avions l'air. Quand j'étais plus jeune, j'étais tout aussi moqueur qu'Ethan. Peut-être pas avec autant d'audace. Je gardais les choses pour moi, et j'étais moins ouvert en public.

Mais Jana était un peu comme ça aussi. Elle avait un certain tranchant, à la fois joueur et courageux. Après avoir vu son interaction avec son ex, j'avais l'impression que cette partie d'elle était plus superficielle, presque un moyen de défense. Mon cœur se serra. Elle était une flamme dont je n'arrivais plus à détourner le regard.

Chapitre Quatorze

JANA

Je jetai un coup d'œil vers Finn, demandant à mon pouls de ralentir. J'avais l'impression d'être une jeune idiote face à lui. Cette idée de diner à quatre se révélait être un désastre, uniquement parce que ça ne faisait que contribuer à mon attirance pour lui. Il était facile à vivre et drôle. Ethan et lui avaient parlé de leurs débuts dans le foot à Londres, nous racontant à Zoe et moi des histoires folles. Je m'attendais à ce qu'il soit un peu mal à l'aise parce que sa carrière de pro avait disparu après son accident de voiture, mais il semblait avoir accepté tout ça. Quand Zoe et moi parlions de notre travail, il écoutait réellement. Lui et Ethan blaguaient sur les différences culturelles et le fait de s'habituer à une vie aux US, et il se plaignait avec Zoe du retard des tribunaux.

En gros, il était intelligent, classe et un bon compagnon pour ce genre de diner. Oh, et sexy comme tout. Il avait également passé la plupart de la soirée avec sa main sur ma cuisse, ce qui me rendait folle. Mon cœur battait la chamade, ma culotte était mouillée, et j'étais en train de devenir folle. Je me sentais trop vulnérable et mon corps me trahissait sans cesse. Tout ce que je ressentais me mettait mal à l'aise. J'avais besoin d'un moment pour échapper à cette surcharge de sensation, donc je me levai en m'excusant avant de traverser les tables vers les toilettes. J'étais soulagée de les trouver vides.

Après être allée aux toilettes et m'être lavé les mains, je passai de l'eau froide sur mes coudes. Finn me mettait dans tous mes états, et il fallait que je me refroidisse. Je m'éclaboussai un peu d'eau sur le visage et m'essuyai avec une serviette, et mes yeux se posèrent sur la guirlande lumineuse accrochée au miroir. Noël était le moment de l'année où ma mère me manquait le plus. Je me forçai à penser à autre chose, et me lavai les mains encore une fois. La porte s'ouvrit et je vis Zoe arriver. Elle s'appuya contre le comptoir.

— OK, qu'est-ce qui te prend ? demanda-t-elle.

— De quoi tu parles ? rétorquai-je.

Je m'essuyai les mains et jetai la serviette dans la poubelle. J'attrapai mon sac et sortis mon gloss.

— Tu n'es pas là pour faire pipi ? demandai-je en lançant un regard à Zoe.

Elle leva les yeux au ciel.

— Si, répondit-elle en s'écartant du comptoir pour entrer dans les toilettes. Ça ne veut pas dire que je ne vais pas prendre le temps de te parler, lança-t-elle.

Je ne pus m'empêcher de sourire. Chez les femmes, les amies les plus importantes étaient celles qui pouvaient continuer de parler des problèmes pendant qu'elles faisaient pipi. Ce fut exactement ce que fit Zoe.

— Tu as l'air stressée, dit-elle.

J'ouvris mon tube de gloss et en appliquai sur mes

lèvres, passant bien trop de temps à essayer de le faire bien.

— Pourquoi tu dis ça ? répondis-je.

Elle tira la chasse, Zoe sortit des toilettes et vint se laver les mains à côté de moi. Elle croisa mon regard dans le miroir tandis que je passais encore une fois le gloss sur mes lèvres.

— Je dis que tu as l'air stressée parce que tu as l'air stressée. Je te connais. Tu veux que ce gloss dure la semaine entière ? demanda-t-elle avec un petit rire.

Je soupirai et m'écartai du miroir, fermant le tube et jouant avec, entre mes doigts. Je me retournai et appuyai mes hanches sur le comptoir.

— Je ne sais pas. Je crois que je suis stressée parce que Finn est vraiment sympa.

Zoe coupa l'eau et secoua ses mains avant d'attraper du papier. En se séchant les mains, elle se retourna pour s'installer à côté de moi avant de me regarder.

— Ouais. C'est un gars sympa, répondit-elle.

Elle me regarda en silence et son regard joueur disparut.

— En quoi c'est un problème ?

Je haussai les épaules.

— C'est pas un problème. À part qu'il me plait.

Elle jeta sa boule de papier dans la poubelle avant de me regarder à nouveau.

— C'est une bonne chose. Un gars bien te plait. Il n'y a rien de mal là-dedans. Pourquoi est-ce que tu ne te détends pas un peu ?

Ma gorge se serra. Je ne savais pas pourquoi Finn me faisait cet effet-là. Je n'avais pas repensé au désastre qu'était ma vie après tout ce qu'il s'était passé avec Rick. Avec le recul, ça avait été du désir plus que de l'amour avec lui. Mais il m'avait plu, et je ne savais pas que c'était un con. Je crois que cette histoire m'avait fait douter de mon jugement bien plus que je ne l'avais anticipé. Mon moyen de défense avait été de n'avoir que des relations légères, et de draguer, parce que je savais bien m'y prendre. Je me mordis la lèvre en continuant de faire tourner mon tube de gloss et en regardant Zoe.

— Je ne sais pas. Et si c'était un connard en vrai, mais qu'il le cachait bien ?

Zoe soupira.

— Je suis plutôt sûre que ce n'est pas le cas. Ce n'est pas l'impression que j'ai de lui du tout, dit-elle fermement.

Puis elle ajouta :

— Et Ethan non plus.

Je pris une profonde inspiration, soufflant doucement.

— Est-ce que tu racontes tout ça à Ethan ? Parce que c'est vraiment gênant.

— Je ne lui en dis pas beaucoup. Il ne sait pas que tu es dans tous tes états. Je lui ai juste dit que je pensais que Finn t'aimait bien et que tu voulais être sûre que c'était un gars bien. C'est tout.

Je me penchai en arrière pour regarder le plafond.

— D'accord, d'accord. C'est pas un truc de mec.

— Je sais. Il pense que je suis surprotectrice. Et c'est le cas, dit-elle avec un petit rire. Ça n'a pas besoin d'être plus que ça. Tu as enfin rencontré un gars canon, qui te plait, et à qui tu plais. C'est tout. Voilà ce qu'il se passe. Tu n'es pas obligée d'en faire toute une histoire, mais essaie peut-être de te détendre.

J'absorbai ses mots. Ce qu'elle disait était parfaitement juste. Je n'étais pas obligée de me projeter, mais pourquoi est-ce que ça me mettait dans un état pareil ?

Je croisai son regard, cet air de compréhension

m'ancrant dans le moment et me sortant du piège de mes pensées dans lequel j'étais prise. Je ris, pris une autre grande inspiration avant de souffler.

— D'accord. Je vais essayer de me détendre.

Elle s'approcha de moi et posa son bras sur mon épaule pour me faire un petit câlin. Après ça, deux femmes entrèrent dans les toilettes. Elles nous regardèrent, l'une d'entre elles sourit dès qu'elle nous vit.

— Conversation de filles ? demanda-t-elle.

Je hochai la tête en même temps que Zoe.

— Parfait. C'est pour ça qu'on est là, répondit-elle.

Elles rirent avec nous.

— On partage ? C'est peut-être mieux de recevoir des conseils d'un groupe ? dit l'autre femme.

— Dites-nous, c'est quoi le problème du soir ? demandai-je, ravie de me concentrer sur autre chose que moi.

L'une des deux, une femme avec des cheveux blonds bouclés et des yeux marron, prit la parole, en désignant son amie.

— Elle vient d'apprendre que le gars avec qui elle sort n'a pas la même définition de l'exclusivité qu'elle.

L'autre femme, aux cheveux marron et aux yeux bleus, soupira.

— Ouais, c'est un connard et je suis une idiote.

J'échangeai un regard avec Zoe avant de les regarder.

— Il vaut mieux apprendre ça tard que jamais, suggérai-je doucement, peinée pour elle.

Étant donné que j'avais vécu une version de ça, je savais ce que ça faisait de se retrouver à être l'idiote. C'était nul.

— Exactement ce que je lui ai dit, dit la blonde en acquiesçant vivement.

— Et votre problème à vous ? demanda la brune.

Zoe me pointa du doigt.

— Eh bien, sa dernière histoire a été un désastre parce qu'il avait une définition de l'exclusivité très différente. Et j'essaie de lui dire que le gars avec qui elle est ce soir est super, et qu'elle devrait essayer de se détendre et de lui laisser une chance.

Les deux femmes me regardèrent.

— À quoi tu peux te fier ? demanda l'une d'entre elles.

— À mon avis, à l'avis de mon mari et à son impression à elle. C'est vraiment un gars bien. Mais elle flippe, répondit Zoe.

Les femmes me regardèrent, attendant ma réaction, puis la brune prit la parole :

— Même toi, tu penses qu'il est bien ?

J'acquiesçai.

— Oui, je suis juste...

Elle me coupa la parole.

— Et il te plait ?

— Oui, mais...

— Meuf, ne sois pas bête. À moins que tu veuilles être seule, il faut laisser une chance à quelqu'un.

Quelques instants plus tard, on sortit des toilettes après ce petit discours d'encouragement. Quand on revint à la table, Ethan leva les yeux avec un air interrogateur. Il regarda sa montre puis nous regarda toutes les deux.

— C'était une sacrée pause toilettes.

Zoe leva les yeux au ciel et lança un sourire.

— On a croisé des amies, expliqua-t-elle.

Finn croisa mon regard. La chaleur dans ses yeux me fit presque fondre et effaça tous les efforts que j'avais faits pour me refroidir face au feu qui brûlait en moi. Quand on s'assit, il fallut que je serre les cuisses pour calmer la douce brûlure.

C'est un gars bien. Arrête de flipper.

La majorité de mon problème était que je n'avais pas l'impression d'arriver à me contrôler. J'avais eu l'impression de perdre le contrôle de ma vie quand mon histoire avec Rick avait implosé. C'était pile au moment où je devais gérer le cancer de ma mère puis sa mort. L'après m'avait laissée dans un état horrible.

———

Finn se gara devant chez moi. Pendant tout le trajet, mon corps avait été en feu. Je commençai à comprendre que j'avais deux choix : ne jamais le revoir pour essayer de reprendre le contrôle de mon corps, ou me laisser aller à ce que je voulais, parce que bon sang que j'avais envie de lui. C'était fou.

En le regardant dans les yeux, mon cœur battait sauvagement et je n'arrivais pas à respirer. J'essayai de trouver quoi dire.

« Monte » fut le seul mot qui accepta de sortir.

Ce n'était pas une question, même si ce n'était pas vraiment un ordre non plus. C'était plutôt une espèce d'annonce murmurée et ridicule.

Finn hocha simplement la tête. En un éclair, il sortit de la voiture pour venir ouvrir ma porte, comme le gentleman qu'il était. Je sortis mes jambes et levai les yeux avant de réaliser que son regard était posé sur mes cuisses, là où ma jupe était remontée. Le seul soulagement que je ressentais venait du fait que ce que je ressentais pour lui n'était clairement pas à sens unique. Dieu merci, car ça aurait été humiliant. Il me tendit la main pour m'aider à me lever. Ce simple contact de sa main sur la mienne réchauffa mes veines.

J'étais pleine d'énergie, mon corps essayait d'être aussi proche de lui que possible. J'enroulai ma main sur la sienne. J'entendis la porte se fermer derrière moi, puis je le tirai derrière moi, sur le petit chemin qui menait à mon escalier. On tomba presque en passant la porte.

Finn me retourna, mon dos s'étalant contre la porte. Ses lèvres trouvèrent les miennes. Notre baiser était comme un éclair, un point de contact brûlant. C'était humide, sauvage et plein de désir, il m'en fallait plus. Je tirai sur sa chemise. Quand je réussis à défaire ses boutons, je passai la main sur son torse, savourant la sensation de sa peau, chaude sous ma main. Il était dur partout, son corps était une œuvre d'art.

Il déboutonna rapidement mon chemisier, le passant par-dessus ma tête. Il brisa notre baiser avec un gros mot marmonné, ses yeux parcourant mon corps avec un souffle court.

— Bordel, Jana. J'ai cru que j'allais perdre la tête ce soir, dit-il dans un murmure grogné.

Je soupirai, balançant mes hanches contre lui. Sa queue était installée à l'endroit parfait, chaude et dure, entre mes cuisses, là où je la voulais.

— Tu as cru que tu allais perdre la tête, tu déconnes ? Tu es dangereux. Je crois qu'il ne faut plus que je sois en public avec toi.

Il rit doucement, ses lèvres descendant dans mon cou. Ses dents caressèrent ma peau sensible, la griffure de sa barbe me faisant frissonner. Il passa son pouce sur mon téton à travers la dentelle noire. Je gémis, me cambrant à son toucher. J'en voulais plus. Je voulais tout d'un coup. Je voulais que ce soit lent et rapide, doux et dur. J'arrachai sa braguette, plongeant ma main dans son caleçon et écartant son jean. Sa queue se libéra d'un bond et j'enroulai ma main sur son membre, soupirant en sentant sa peau de velours.

— Bordel, Jana, grogna-t-il en levant la tête pour trouver mon regard.

On se fixa un moment, son pouce caressant mon téton. Mon cœur se serra. Le besoin montait en moi, se mélangeant à un sentiment intense que je ne comprenais pas, et dont je ne savais pas quoi faire. Le seul soulagement était de me perdre en lui. Je caressai sa queue pendant qu'il dégrafait mon soutien-gorge. Je gémis de soulagement. Mes seins étaient tendus et douloureux, mes tétons dressés, si durs que j'en avais mal. Je hurlai quand il pencha la tête, sa bouche se refermant sur l'un de mes tétons. Son toucher n'était pas doux, il était brut et inégal, tout comme ce que je ressentais. Ses dents griffèrent mon téton, avant qu'il ne le prenne violemment dans sa bouche.

Je gémis son nom en un cri rauque. J'attrapai ses cheveux avec une main et sa queue de l'autre, le branlant rapidement alors qu'il me poussait vers la folie en alternant entre mes seins. Son genou se plaça entre mes cuisses et je balançai mes hanches sans fin contre lui, cherchant à soulager le délicieux plaisir qui me déchirait. J'étais si proche de l'explosion quand, soudainement, il leva la tête et recula.

Son souffle était lourd et ses yeux plantés dans les miens, chauds et sombres. Mon corps était secoué par une tempête de besoin et d'émotions, montant vers l'explosion.

— J'ai besoin de te sentir, dit-il durement.

Avant que je ne puisse même réfléchir, il me leva contre lui. J'enroulai mes jambes sur ses hanches par réflexe, sifflant en sentant sa queue contre ma chatte sous les couches de tissu qui nous séparaient. Ma culotte était trempée, et sa queue glissait contre la soie humide alors qu'il traversait la pièce.

— La chambre? murmura-t-il comme une brute, ses yeux plantés dans les miens.

Je fis un coup de menton vers la porte derrière nous. Après la cuisine et le salon, il y avait deux portes : la chambre et la salle de bain. Il suivit mon geste et ouvrit la porte avec son pied. Je vis Smokey, endormi sur le canapé, alors qu'on passait devant lui. J'étais soulagée qu'il ne décide pas d'être amical soudainement. Quand on passa la porte, je tendis le bras pour allumer une lampe dans la chambre. Finn referma la porte derrière nous et marcha directement vers le lit. La lampe à côté de nous jetait un éclat doux sur la pièce.

Il me posa sur le lit et je ressentis une déception immédiate, non pas parce que je ne voulais pas me déshabiller. Je mourais d'envie de me déshabiller, mais ne plus le toucher était une déception. Je jetai mon soutien-gorge au sol tandis qu'il attrapait ma jupe pour la retirer et que je jetais mes bottes de cowboy et mon legging dans un coin, riant quand l'une de mes bottes rebondit sur lui avant d'atterrir au sol. Mourant d'envie qu'il soit nu, je tendis le bras pour tirer rudement sur son jean, riant quand il s'emmêla les pinceaux et manqua de tomber.

Son jean tomba au sol. Il le rattrapa et sortit un préservatif de son portefeuille, avant de le jeter sur la table de chevet. Ses yeux sombres m'observèrent, allumant de petits feux partout sur ma peau. Cet instant de répit me permit de faire ce que je rêvais de faire depuis des heures. Je me redressai sur mes coudes et passai ma langue sous sa queue, la prenant dans ma main avant d'embrasser son gland.

Il grogna et commença à prononcer mon nom, mais il se perdit dans un autre grognement quand je le pris dans ma bouche. Sa queue était si épaisse et dure.

Je l'avalai profondément, faisant des va-et-vient lents, et le regardant à travers mes cils. Il emmêla sa main dans mes cheveux, s'agrippant fort sans me quitter du regard. Je fermai mon poing sur lui et je me mis à le caresser au rythme de ma bouche, décidée à le rendre fou. Juste au moment où je pensais le faire exploser, il marmonna quelque chose et recula d'un pas. Il s'étala au-dessus de moi, prenant fermement mes mains dans les siennes, croisant nos doigts et étirant mes bras au-dessus de ma tête.

Ses yeux se plantèrent dans les miens, un regard si intense que mon cœur s'accéléra.

— Il va falloir que je te passe les menottes ? demanda-t-il d'un ton brut.

Ses mots et la sensation de sa queue dans mes plis mouillés me firent presque jouir.

— Peut-être, dis-je avec un petit rire.

— La prochaine fois, peut-être, murmura-t-il.

— Promesses en l'air.

Il rit doucement puis attrapa le préservatif, qu'il enfila rapidement. Il balança ses hanches contre moi, sa queue glissant entre mes plis et sur mon clitoris. La tempête en moi hurla. Une autre caresse lente. Je fermai les yeux en un soupir, mon plaisir si intense que je n'arrivais qu'à peine à le tolérer. Quand j'ouvris les yeux, son regard m'attendait. Mon cœur se serra dans ma poitrine pleine d'émotion. Je ne savais pas quoi faire de ce désir sauvage entre nous, entremêlé de vulnérabilité. Cette intimité était liée à mon désir pour lui.

Je ne pouvais plus attendre, et j'avais besoin de reprendre le contrôle. Je roulai rapidement pour me retrouver sur lui. Je lui grimpai dessus et lui lançai un sourire.

— Voilà. Exactement où je veux que tu sois.

Je crus un instant qu'il allait essayer de reprendre le dessus, mais il ne le fit pas. Il me fit l'un de ses dangereux sourires en coin et attrapa mes hanches pour me soulever doucement. Je passai la main entre nous pour guider sa queue vers mon entrée. Je plongeai doucement, savourant cette sensation délicieuse de l'accueillir en moi.

Chapitre Quinze

FINN

Jana était à califourchon sur moi, sa chatte crémeuse avalant ma queue. Elle était si bonne, serrée et mouillée sur ma queue. En la regardant d'en bas, mon souffle se coinça dans ma gorge, et mon cœur rebondit contre mes côtes. Je ne savais pas quoi faire des sentiments qu'elle éveillait en moi, mais je ne pouvais pas détourner le regard. J'attrapai ses hanches fermement, regardant une pointe de vulnérabilité traverser ses yeux. Je sentais un élan de soulagement. Au moins, elle ressentait peut-être la même chose que moi.

Elle s'immobilisa un instant puis commença à bouger, ses hanches se balançant lentement. Elle m'avait déjà amené au bord de l'orgasme avec ses lèvres folles. Je ne tenais plus qu'à un fil. Elle semblait avoir besoin de prendre le contrôle, donc je la laissai faire. Elle avait un rythme régulier, sa chatte pulsant sur moi. Pendant quelques coups de reins, son rythme était mesuré, mais après ça, on perdit le contrôle ensemble. Je levai les hanches pour la retrouver, me cambrant alors qu'elle me chevauchait. Son antre palpitait, mouillé et lisse sur mon membre. Je passai la main entre nous, appuyant mon pouce sur son clitoris.

Elle hurla mon nom. Son sexe me serra fermement, déclenchant mon propre orgasme, d'une force telle que je m'effondrai entièrement sur le lit en me déversant en elle. Elle s'étala sur moi et j'enroulai mes bras autour d'elle. Ma main trouva ses cheveux tandis qu'on était allongés là, nos respirations épuisées dans la chambre silencieuse. Après quelques instants, elle leva la tête et se redressa sur son coude. Elle fit de petits cercles sur mon torse en me regardant. Rien qu'à voir son visage rougi, ses lèvres gonflées de nos baisers, ses cheveux ébouriffés, ma queue se réveilla.

Elle sourit, avec l'un de ses sourires de travers. Je haussai les épaules, sans honte. Je ne savais pas quoi penser de ce qu'il se passait entre nous, mais je n'avais pas honte du fait que je la voulais comme un fou. Ça ne servait à rien de le cacher. Alors qu'elle dessinait toujours des cercles sur mon torse, elle me regarda silencieusement avec un air sérieux. Mon cœur se serra à nouveau.

Elle sourit.

— Alors, ces menottes ?

Je ris, amusé et excité à l'idée de l'attacher au lit et de lui faire ce que je voulais.

— Je ne les ai pas sur moi.

— D'accord, mais j'ai des attentes maintenant.

— C'est justifié, répondis-je.

— On se douche ? demanda-t-elle.

— Ça marche.

Elle se redressa doucement, et ma queue sortit d'elle. Elle me manqua immédiatement, ainsi que le sentiment d'une connexion physique. Ça aurait dû m'inquiéter, mais j'ignorai ce sentiment. Après l'avoir suivie sous la douche, je ne pus résister à l'envie de l'embrasser. Elle était nue, couverte de bulles de savon qui coulaient sur ses magnifiques courbes. Avant que je ne m'en rende compte, on était collés l'un à l'autre à nouveau. Je plongeai en elle contre le mur carrelé. Ce ne fut qu'une fois en elle que je réalisai que je n'avais pas de préservatif.

Je la fixai du regard.

— Je n'ai pas...

Elle secoua la tête rapidement, me coupant la parole.

— Un peu tard pour s'en souvenir. On a tous les deux oublié.

Je ne dis rien, mais je n'arrivais pas à le croire. Je n'étais pas du genre à oublier ce genre de chose, mais Jana me faisait perdre la tête.

— Tu...?

Je n'eus pas le temps de terminer ma question quand elle me coupa la parole à nouveau.

— Je prends la pilule. Oui, dit-elle fermement.

— Je me suis fait tester après ma dernière partenaire, ajoutai-je.

On resta immobiles, moi plongé en elle, nos yeux concentrés l'un sur l'autre à essayer de décider si c'était fou ou non. Soudainement, elle hocha la tête.

— Oui, je te crois. Je te fais confiance.

— Pareil.

Elle m'embrassa et je me mis à la prendre sous l'eau chaude de la douche, son intimité se serrant sur ma queue alors que je me déversais en elle.

Je la serrai dans mes bras quand on s'endormit.

Chapitre Seize

JANA

— Qu'est-ce que tu fous là ? demandai-je à Rick en levant les yeux de mon ordinateur portable, sur lequel je travaillais.

J'allais souvent au Desert Isle Coffee après le boulot quand j'avais des choses à terminer. Rick avait interrompu mon moment calme. Rick, dont l'arrogance et l'insolence avaient autrefois fait son charme, me tapait sur les nerfs. Il ajusta son manteau de pluie et s'installa sur la chaise en face de moi.

— Je voulais te dire bonjour, dit-il.

— Bonjour. Voilà, c'est dit. Je ne veux pas de ta compagnie.

Il me fixa du regard.

— Allez, Jana. Tu sais qu'on était super ensemble.

Je lui lançai un regard noir.

— Rick, on n'était pas super. Tu as trompé ta femme avec moi alors que je ne savais pas que tu étais marié. C'était une énorme erreur, et je n'aurais jamais rien fait avec toi si j'avais su que tu étais marié.

— Je ne suis plus marié, fit-il remarquer avec un sourire malin.

Je levai les yeux au ciel.

— Je sais, et c'est le cas depuis plus de deux ans. Je m'en fous Rick, je ne suis pas intéressée. Laisse-moi tranquille s'il te plait.

— Allez, Jana. Tu ne trouveras jamais quelque chose comme ce qu'on avait. On a une alchimie, dit-il avec un clin d'œil.

J'eus réellement envie de vomir. Je secouai la tête.

— Rick, passe à autre chose. Pars, s'il te plait.

Son sourire disparut. Après un instant, il secoua la tête, l'air plus agacé qu'autre chose.

— Très bien Jana. Bonne chance pour ta carrière, dit-il en levant les yeux au ciel.

— Va te faire foutre, dis-je alors qu'il s'éloignait.

On avait à peine parlé après que notre histoire avait été révélée. Il avait rapidement mis de la distance pour me laisser porter le poids de l'humiliation publique. Il me rendait malade, et ce qui m'énervait encore plus, c'était de l'avoir laissé entrer dans ma vie.

Il commanda un café et partit. J'avais la poitrine serrée. J'étais anxieuse, et à côté de mes pompes, et c'était le cas depuis des jours. Je n'arrivais plus à me reprendre après ma nuit avec Finn. On avait passé la nuit ensemble le lendemain aussi. J'avais eu envie qu'il reste avec moi le dimanche soir aussi, mais je m'étais forcée à faire comme si j'avais quelque chose de prévu. C'était un mensonge, mais j'étais trop à l'aise avec lui. Il me plaisait trop, et je ne savais pas quoi en penser.

Je savais que Zoe me dirait de me détendre et d'arrêter de m'inquiéter, mais j'avais l'impression que nous étions dans une bulle étrange, qu'aucun de nous n'avait vue venir. Je me trouvai à résister à l'envie de me détendre parce que j'étais trop à l'aise avec lui, et avec nous.

Je savais que Zoe avait raison, Finn n'avait rien à

voir avec Rick. Mais je ne m'attendais pas à mettre mon cœur en jeu. Finn me manquait, et voir Rick m'avait mise dans tous mes états. Je secouai la tête pour écarter mes inquiétudes et composai un SMS.

Alors, comment se sont passés ton dimanche, ton lundi et ton mardi ? Fait évident : aujourd'hui, c'est mercredi.

Je trouvai un GIF idiot. Je n'avais plus de nouvelles photos de gâteaux cochons, donc cette fois-ci je lui envoyai une photo rigolote d'un chiot et essayai de me concentrer sur mon travail. Tout en me demandant si l'étincelle ardente que je ressentais avec Finn disparaitrait un jour. Le mot étincelle n'était pas suffisant. C'était un feu de joie.

Chapitre Dix-Sept

FINN

Je raccrochai le téléphone et m'adossai à ma chaise, attrapant la tasse de café pour prendre une gorgée. Il était froid. Ce n'était pas surprenant étant donné que j'avais eu une matinée chargée. Les avocats de Ray Sutton m'appelaient sans cesse pour demander des rapports, se battre sur des détails idiots, demander à ce que l'interdiction de contact soit annulée. J'étais occupé à tenir Lynne Sutton et son avocat au courant, et à travailler de concert avec Becca. La stratégie agressive de l'équipe de Ray Sutton n'était pas surprenante étant donné sa place dans l'élection à venir et son image de défenseur des valeurs familiales qu'il essayait de promouvoir. J'espérais que Becca réussirait à convaincre ses avocats que plus l'affaire durait, plus les journaux en parlaient et pire c'était pour son image. Mais le temps nous le dirait.

Je me levai et me dirigeai vers la salle de pause pour prendre un autre café. Mon téléphone vibra et je le sortis de ma poche. Les messages de Jana me manquaient ces jours-ci. Depuis le weekend, elle avait été complètement silencieuse. Ça n'aurait pas dû être un problème, mais ça l'était. Je sentais qu'elle commençait à prendre peur, et je pensais savoir pourquoi. C'était intense entre nous, bien plus intense que ce que j'avais imaginé. Assez intense pour que je me trouve à éviter de penser trop à elle. Deux nuits ensemble, et je n'avais pas eu envie de partir le dimanche.

Mais au lieu d'un message de Jana, c'était un message de mon ex. Merde. De temps en temps, Kristen m'écrivait, sortie de nulle part. Je ne savais pas pourquoi, mais c'était encore une fois elle.

J'espère que tu vas bien. Je me demandais si tu voulais prendre un café un de ces quatre.

Quoi ?? Je fixai mon téléphone des yeux en entrant dans la salle de pause, sans réfléchir alors que je parlais à mon téléphone à voix haute.

— Non. Je n'ai pas envie de prendre un café.

J'entendis un rire et levai les yeux, trouvant Eli assis à la table.

— Donc tu ne veux pas de café ? demanda-t-il.

Je lui lançai un petit sourire gêné, effaçant le message de Kristen sans même y répondre et me dirigeant vers le comptoir pour prendre une nouvelle tasse.

— Avec toi, je veux bien prendre un café. Je parlais à mon téléphone.

— Qui est-ce que tu ne veux pas voir, alors ? demanda-t-il, amusé.

— Kristen. De temps en temps, elle m'écrit. Je ne sais pas pourquoi.

Eli leva les yeux au ciel.

— Oh, allez, mec. Elle tâte le terrain.

— Elle tâte le terrain pour quoi ? répliquai-je en m'installant sur la chaise en face de lui.

— Je suppose qu'elle n'a pas de plan régulier. Dès

qu'elle te contacte, c'est qu'elle est entre deux gars. Elle a clairement un air de monogame en série, expliqua-t-il.

— Qu'est-ce que ça veut dire ? demandai-je avec un rire.

— Les gens qui veulent toujours s'engager. Mais quand ça ne fonctionne plus, ils rompent et appellent tous leurs ex parce qu'ils n'aiment pas être seuls.

— Tu te fiches de moi.

Eli secoua la tête doucement.

— Nan. Je plaisante pas. Mais je ne sais pas, si ça se trouve c'est pas ça. Peut-être qu'elle veut juste prendre un café.

Je réfléchis à la dernière fois que Kristen m'avait contacté.

— Non, t'as sans doute raison.

Après notre rupture, le reste de notre groupe d'amis m'avait tenu plus au courant que ces dernières années. Je ne cherchais pas à savoir, mais je savais qu'elle semblait sauter d'une relation sérieuse à une autre. Maintenant que j'y réfléchissais, c'était effectivement toujours entre deux gars qu'elle m'écrivait.

— Je suis vraiment content d'avoir évité celle-là, lançai-je.

Mon esprit revint au weekend dernier avec Jana. C'était bien plus intense que tout ce que j'avais vécu avec Kristen. On était jeunes quand on s'était mis ensemble. J'étais un footballeur prometteur qui visait la ligue. On était tous les deux à la fac, et nos parties de jambes en l'air étaient folles. Je ne dirais pas que je ne l'aimais pas. Je l'aimais. Mais ce n'était pas le même genre d'amour, moins profond, moins intime. À la seconde où cette pensée me traversa l'esprit, mon cœur se serra. Fort. Je bougeai rapidement sur ma chaise.

Eli me regarda. Je changeai de sujet pour commencer à parler de boulot. C'était facile d'en parler en ce moment, étant donné que le dossier de Ray Sutton faisait la une de tous les journaux.

— Comment se passe ta journée ?

— Oh, de la paperasse aujourd'hui. Je suppose que tu es pris par le dossier Sutton. Comment va son ex ?

— Il lui met beaucoup la pression en essayant d'annuler sa mesure d'éloignement. Elle est plutôt stressée. Je pense que ça va le faire, mais c'est chiant, expliquai-je.

— Ça va le faire. Sutton va mettre la pression à Becca, en revanche.

— Ça, c'est sûr. Mais elle s'en fiche, elle adore se battre.

On rit, et d'autres policiers entrèrent dans la salle de pause. Je me levai et retournai à mon bureau, m'arrêtant un instant avant de partir.

— T'as réussi à trouver un appart ? demandai-je.

— Je cherche toujours. T'as oublié de préciser que Shari est ultracanon, répondit Eli en parlant de l'agente immobilière que je lui avais conseillée.

Je ris et levai les yeux au ciel.

— Elle est pro. Tiens-toi bien.

— Toujours, répliqua-t-il avec un clin d'œil.

— Quand t'auras trouvé, dis-moi si t'as besoin d'aide pour déménager.

Avec un signe de main, je partis, évitant de près une collision avec deux femmes des ressources humaines qui portaient plein de décorations de Noël. Elles décoraient le commissariat autour de tout le monde pendant qu'on travaillait.

En retournant à mon bureau, mon esprit revint à la conversation que j'avais eue la semaine dernière avec Eli à propos de sa rupture avec Beth. Je réfléchis à son explication des raisons pour lesquelles il avait rompu avec elle, disant que c'était en grande partie parce que ça ne le rendait pas si triste que ça. Avant que Kristen ne me quitte juste avant notre mariage, j'aurais dit que j'avais envie de me poser. Après ça, j'étais devenu très cynique quant à l'idée de m'engager.

Contrairement à Kristen, je n'étais pas un monogame en série. Elle semblait chercher l'homme parfait, celui avec qui elle aurait envie de se poser. J'avais écarté cette idée. Du moins, c'était ce que je pensais. Mais avec Jana, pour la première fois, je voulais tout un tas de choses. Je voulais plus de ce que je ressentais quand j'étais avec elle. Le sentiment qui vivait entre nous était une intimité pure, avec sa propre force.

———

L'après-midi suivant, Kristen débarqua devant chez moi alors que je rentrais du commissariat après un service.

« Qu'est-ce que tu fous là ? » fut exactement ce que je dis quand j'ouvris la porte et la trouvai là.

Kristen ignora ma réaction.

— Finn ! J'ai décidé de passer puisque je n'avais pas de nouvelles.

Je la fixai du regard en essayant de rassembler mes pensées.

— Salut Kristen, réussis-je enfin à dire, par habitude.

J'étais tellement surpris de la voir là qu'elle passa la porte avant que je ne puisse réagir.

— Kristen, qu'est-ce que tu fais là ? demandai-je.

Elle jeta un œil dans ma maison.

— Finn, je n'arrive pas à croire que tu te sois trouvé une maison pareille.

Son regard revint vers moi. Je la regardai, prenant un moment pour digérer son apparence. Ses cheveux blonds étaient remontés en un chignon lisse, ses ongles étaient parfaitement manucurés. Elle portait un pantalon noir, un chemisier cintré blanc, et des chaussures noires plates. Elle était toujours aussi élégante. Objectivement, je voyais qu'elle était belle, vraiment très jolie. Elle avait l'air d'avoir perdu un peu de poids. Ses pommettes étaient plus saillantes que dans mon souvenir. Je ne ressentais rien en la regardant. Ses yeux bleus étaient jolis, mais ils n'avaient pas l'éclat de ceux de Jana. Kristen était fade et neutre, elle paraissait monochrome en contraste avec la présence colorée de Jana.

Je réussis à sourire poliment, en me souvenant de son dernier commentaire.

— Merci. C'est un beau lieu.

Je plongeai mes mains dans mes poches et appuyai mon épaule contre le mur à côté de la porte. Je n'allais pas la jeter dehors, mais je n'allais pas l'inviter à rester.

C'était comme si elle pouvait lire dans mes pensées.

— Tu ne me proposes pas de thé, dit-elle avec un petit rire. J'adore ton truc de thé anglais.

Je haussai un sourcil.

— Mon truc de thé anglais ?

— Oui. Tu aimes le thé. Les hommes d'ici ne boivent pas beaucoup de thé.

Elle se tut et regarda autour d'elle. Je sentais que si je bougeais d'un centimètre, elle s'autoriserait une visite. En me regardant, elle commenta :

— Tu n'as même pas décoré pour Noël.

Je haussai simplement les épaules.

— Non. Je n'ai pas trouvé le temps. Qu'est-ce que tu fais là, Kristen ?

Je décidai d'ignorer complètement sa tentative d'obtenir un thé.

Elle ajusta son sac sur son épaule et joignit ses mains devant elle.

— Je ne t'ai pas vu depuis longtemps. Et je me suis dit qu'on pourrait diner ensemble.

— Kristen, on a rompu. Tu as annulé le mariage. Je veux bien être gentil, mais je ne vois pas de bonne raison pour qu'on dine ensemble.

Je n'arrivais pas à croire qu'elle ait débarqué comme ça, pour me demander de diner ensemble.

Elle soupira et pencha la tête sur le côté. Elle pensait sans doute être mignonne. Je n'en savais rien.

— Oh, allez, Finn. C'était il y a super longtemps. On pourrait essayer d'être amis, dit-elle doucement.

Pour faire simple : j'étais saoulé. Je n'avais aucune idée de ce qui lui faisait penser que je pourrais avoir envie d'être son ami. Je pouvais admettre que j'étais devenu cynique concernant les relations amoureuses après notre rupture, en grande partie parce que je ne pensais pas que ça en vaille la peine. C'était sans doute la faute de Kristen, mais je n'avais aucune envie d'être son ami. Elle faisait partie d'un moment de ma vie où mes sentiments étaient superficiels, et où je voulais surtout plaire aux autres. Alors que j'étais là avec Kristen, Jana s'empara de mes pensées. Elle était si vivante, si pleine d'énergie et avec une telle force de vie.

Avec Kristen, je ne ressentais absolument rien. J'arrivais à me souvenir de mes sentiments de l'époque. C'était plus chaleureux et plus doux. Ça ne m'attrapait pas par les couilles pour mettre mon cœur en jeu, tout en me faisant me demander si j'avais perdu la tête. Ça, c'est sûr.

Mais j'étais un gentleman, et je réussis à lui offrir un sourire poli.

— Ça fait plaisir de te voir, Kristen. J'espère que tu vas bien, mais laissons le passé où il est.

Elle posa sa main sur sa hanche.

— Bon sang, t'es vraiment pas amical, hein ?

— Kristen, laisse tomber. Je te souhaite plein de bonheur. Tu sors avec quelqu'un en ce moment ? demandai-je.

Elle leva les yeux au ciel.

— J'étais avec quelqu'un, mais on vient de rompre.

— Je suis désolé d'entendre ça.

Donc Eli avait parfaitement raison. Elle était entre deux copains. Je retins l'envie de faire une remarque évidente.

Elle resta silencieuse, le regard empli d'attente.

— Ça te manque de jouer au foot ?

— Je joue de temps en temps. Je ne suis pas pro, évidemment, mais j'aide à entrainer une équipe locale, et je vais voir les matchs quand je peux.

Il y avait une ligue de football régionale aux US, et j'y étais assez actif.

Kristen hocha la tête et tendit la main vers la porte. Elle s'arrêta un instant, et se retourna vers moi pour lâcher la vérité.

— Tu ne m'as jamais parlé de ton héritage, dit-elle.

Je haussai un sourcil.

— Pardon ?

— Tu reçois un héritage à tes 35 ans, et tu ne m'en as jamais parlé, clarifia-t-elle.

Je secouai un peu la tête, ma colère face à sa soudaine visite remontant en moi.

— Je n'étais même pas au courant avant que tu ne me quittes. On était jeunes, et à la fac, ajoutai-je comme s'il fallait que je lui rappelle ce détail.

Je dus faire appel à toute ma discipline pour ne pas

la pousser à travers la porte pour la faire partir à ce stade. Pourquoi me parlait-elle d'argent ?

— Ouais, mais on était fiancés, et tu n'en as jamais parlé, expliqua-t-elle en fronçant les sourcils.

De toutes les choses qui auraient pu lui rester. Bordel.

— Kristen, on avait 24 ans quand tu as annulé notre mariage. Ça fait des années. Je ne savais même pas que j'allais avoir un héritage avant mes 25 ans. Je ne vois vraiment pas pourquoi ça compte aujourd'hui. Tu savais ce que faisait mon père dans la vie, et tu savais qu'il était à l'aise. Ça a à voir avec ce que tu fais là, peut-être ? demandai-je d'une voix tendue.

— Je trouve ça simplement étrange que tu ne me l'aies pas dit.

— Je n'avais pas beaucoup de chances de te dire quelque chose que je ne savais pas. Une fois de plus, je ne vois pas pourquoi c'est important.

Deux points rouges apparurent sur ses joues.

— Je ne sais pas trop pourquoi tu fouilles dans mes finances, ajoutai-je.

Elle souffla du nez, vraiment.

— Bref. C'est juste que j'ai parlé à ta sœur et qu'elle en a parlé, marmonna-t-elle.

— Tu as parlé à Sarah ?

Kristen hocha la tête, serrant la poignée de porte fermement.

J'allais devoir rappeler à Sarah de ne pas dire tout et n'importe quoi à n'importe qui.

— Eh bien, maintenant, tu sais. Je ne vois pas ce que ça aurait à voir avec le fait qu'on soit amis ou quoi que ce soit d'autre. Retourne à ta journée, s'il te plait, dis-je.

Je tendis le bras devant elle, écartai sa main de la poignée de porte pour l'ouvrir en grand. Je lui fis signe de partir. Elle resta immobile un instant, fronçant les sourcils plus fort alors qu'elle ouvrait la bouche. Je voyais bien qu'elle était prête à continuer d'argumenter ce qu'elle voulait débattre. Et je m'en fichais complètement.

— Bonne journée, Kristen.

Je m'avançai vers la porte et elle se dépêcha de sortir.

— Bon sang, Finn. Tu pourrais être poli.

Je claquai la porte derrière elle avant de donner un doigt d'honneur à la surface en bois lisse. Bon débarras. Pourquoi, oh pourquoi fallait-il que je me questionne sur le timing de notre rupture encore une fois ? Je n'y pensais pas souvent, mais après mon accident de voiture, je n'étais pas bien. Physiquement et émotionnellement.

Elle était restée avec moi le temps que je m'en remette. Je ne pensais pas qu'elle passait un bon moment, mais je ne vois pas qui aimait ce genre de moments de vie. Elle était partie au moment où il était clair que je ne me remettrais pas assez vite pour entrer dans la ligue pro. Pour être honnête, j'aurais pu me motiver, et peut-être, avec de la chance, remonter au niveau. Mais rien que ça aurait pris trop de temps pour être considéré par les recruteurs.

Je ne pouvais pas m'empêcher de me demander si, si elle avait su que j'avais un héritage anticipé, Kristen serait restée avec moi. J'étais vraiment soulagé qu'elle ne l'ait pas su. Même si elle avait réussi à me mettre hors de moi, le sentiment disparut rapidement. Elle ne faisait plus partie de ma vie du tout, et j'en étais heureux.

Mon téléphone vibra sur le comptoir de la cuisine. Je traversai le salon vers l'ilot central et retournai le téléphone, riant dès que je vis le message. Jana avait repris ses habitudes ces derniers jours. Le thème semblait être des photos d'animaux rigolotes. Elle venait de m'envoyer une photo d'un cochon qui portait un tutu.

Je me demandai si Jana était le genre de femme pour qui l'argent changeait quelque chose dans une relation. Je savais, sans l'ombre d'un doute, que ça ne changerait rien pour elle. Ce n'était pas le genre de personne qu'elle était. L'émotion me serra la gorge, et j'attrapai rapidement mon téléphone. En écartant son message, je l'appelai. Elle répondit à la première sonnerie.

— Salut, qu'est-ce qu'il se passe ?

— Hier, c'était jeudi, et aujourd'hui c'est vendredi, dis-je, en référence à l'un de ses messages plus tôt dans la semaine. Je crois qu'on devrait diner ensemble ce soir.

Il y eut un silence lourd. Je sentais les pensées se mélanger dans son cerveau à l'autre bout de la ligne.

— D'accord. Tu veux qu'on se retrouve où ?

— Et si je cuisinais ?

— Tu sais cuisiner ? Dieu merci je suis déjà assise.

Je ris.

— Où est-ce que tu es assise ?

— À mon bureau, au boulot.

— Je crois que je devrais peut-être venir te voir au bureau. Mais je ne sais pas où tu travailles.

— Oh, tu devrais, dit-elle d'une voix pleine de joie espiègle. Je travaille avec Zoe. Je pense que tu devrais venir au bureau tout de suite, d'ailleurs.

Je n'avais pas besoin de plus.

— Envoie-moi l'adresse. J'arrive le plus vite possible.

Chapitre Dix-Huit

JANA

Je me levai de mon bureau, énergisée par l'idée que Finn était en chemin. Je me dépêchai d'aller vérifier le bureau de Zoe. C'était absurde, parce que je savais qu'elle n'était pas là, mais je voulais vérifier. Elle passait le reste de la journée au tribunal, puis allait voir Ethan jouer. Je courus vers la salle de bain, passant mes doigts dans mes cheveux et vérifiant mon visage. J'avais l'air un peu fatiguée, ma peau était pâle et j'avais les yeux gonflés parce que j'avais mal dormi. J'avais eu une longue semaine de boulot, et j'avais enfin envoyé mon dossier à l'école pour finir mon dernier semestre. Donc j'avais également commencé à réviser le soir.

Je me jetai un peu d'eau sur le visage et mis du gloss. Mes cheveux allaient devoir faire l'affaire. Je n'avais qu'une chose en tête : Finn. Enfin, deux choses. Finn et du sexe. Ma tentative de prendre mes distances ne m'avait que donné plus envie de lui. Cette idée aurait dû m'alarmer, mais non. Je secouai la tête et sortis des toilettes. Encore une fois, je vérifiai la porte du bureau de Zoe, la fermant sans que ce soit néces- saire. Elle n'était pas là, et n'allait pas revenir, mais ça me faisait bizarre de la laisser ouverte. Puis je me dépêchai de ranger mon bureau. Une autre tâche inutile. Finn n'allait sans doute pas s'inquiéter de l'état de mon bureau.

Je n'avais aucune idée du temps qui s'était écoulé depuis son appel, mais mon corps vibrait d'attente. J'entendis des pas dans le couloir qui menait à notre bureau. Les bureaux que je partageais avec Zoe étaient en centre-ville de Seattle, au dernier étage d'un immeuble administratif. On avait une belle vue sur le port. À l'accueil, j'avais un bureau courbé qui faisait face à la porte. Derrière ça, j'avais une petite pièce avec une fenêtre qui donnait sur le port, pour mon bureau privé. Je n'y passais pas beaucoup de temps, mais je me mettais là quand j'avais besoin de finir du boulot et de travailler sur des documents juridiques. On n'avait pas souvent de clients sans rendez-vous, donc je n'avais pas besoin d'être à l'accueil tout le temps.

Les pas s'arrêtèrent devant la porte alors que mon cœur battait au même rythme. Je n'arrivais pas à savoir si c'était Finn ou non. La seule chose que je voyais était une image floue à travers la vitre givrée qui occupait la porte d'entrée. Après un instant, Finn passa la porte. En un regard, mon cœur se mit à battre la chamade et mon souffle se coinça dans ma gorge. Il portait son uniforme, et j'aurais pu fondre sur place. Ce bleu lui allait vraiment bien, et il était presque de la même couleur que ses yeux maintenant que j'y pensais.

— Salut, dis-je d'une voix essoufflée.

Un petit sourire malin s'étira sur son visage. Il ferma la porte derrière lui. J'étais à côté de mon bureau et je traversai la pièce d'un trait pour verrouiller la porte derrière lui avant de m'y adosser avec un sourire. Il se tourna pour me jeter un regard perdu.

— Salut, dis-je à nouveau, me répétant tout en essayant de ralentir le battement de mon cœur.

— Salut, répondit-il. Comment ça va ?

— Super, réussis-je à dire.

Il regarda autour de lui. Après la porte principale avec ses vitres en verre givré, il y avait la zone d'accueil. C'était un espace ouvert et lumineux. On l'avait décoré avec des gris doux et des bleus sourds. Mon bureau était en acajou aux teintes profondes, courbé vers le mur et faisait face à la porte. La salle de bain était située d'un côté et une petite salle d'attente de l'autre. Il y avait plusieurs chaises grises et une petite table basse ronde. La porte du bureau de Zoe était située plus loin.

Finn croisa mon regard.

— Donc c'est juste toi et Zoe ici ? demanda-t-il.

J'acquiesçai.

— C'est son cabinet et je suis son assistante juridique-slash-secrétaire, expliquai-je. On s'est rencontrées en école d'avocats. Je vais terminer mon diplôme bientôt, ajoutai-je, soudainement anxieuse en le disant à voix haute.

Je ne savais pas pourquoi je ressentais le besoin de lui expliquer ça.

— Certaines personnes n'ont pas envie d'être avocats, commenta-t-il. J'ai entendu dire que le travail d'assistant juridique paie tout aussi bien, sans le stress et la pression.

Je haussai les épaules, toujours appuyée contre la porte.

— C'est vrai, mais j'étais vraiment proche de la fin. Il ne me reste qu'un semestre.

— Qu'est-ce qu'il s'est passé ? demanda-t-il.

Mon cœur se serra et je déglutis. Repenser à cette période était difficile pour moi. Ce n'était pas simplement que tout avait implosé avec Rick. C'était la mort de ma mère et la collision entre ces évènements qui m'avaient plongée dans la dépression. Je pris une profonde inspiration, me battant contre le nœud dans ma gorge.

— C'est un peu compliqué. Je t'expliquerai un jour.

Finn me fixa du regard, un œil bien trop perspicace qui me faisait trembler. Agitée par le désir qui brûlait mes veines, je passai la main entre nous et posai mes doigts sur les menottes qui pendaient à sa ceinture, le tirant vers moi. Le son graveleux dans son rire me fit frissonner et lâcha une vague de chaleur sur ma peau.

— On en reparlera, dit-il avec un autre rire grave.

Je passai ma main sur la base de son cou, plongeant mes doigts dans ses cheveux et le tirant vers moi. Je me cambrai vers le haut, amenant mes lèvres vers lui, un éclair me traversant jusqu'aux doigts de pied après ce point de contact. Il prit immédiatement le contrôle, s'approchant de moi, me collant à la porte, ses muscles durs collés à mon corps. Il plongea une main dans mes cheveux, sa langue s'emparant de ma bouche alors que notre baiser devenait fou.

Ma tête tomba contre la porte lorsqu'il tourna la tête sur le côté pour dévorer ma bouche. J'accrochai mon talon à sa jambe, me cambrant dans ses bras et passant mes mains sur ses épaules puis sur les muscles de son dos et serrant ses fesses fermes. Il était dur de partout, et j'adorais ça. Son genou passa entre mes cuisses et je balançai mes hanches sur sa jambe, recherchant ces éclats de plaisir. Il se recula de notre baiser en marmonnant mon nom.

— Bordel, Jana. Tu m'as manqué, murmura-t-il.

Ses lèvres déposèrent une trace chaude dans mon

cou. Il tira sur mon chemisier, sans même essayer d'y aller doucement. J'entendis un bouton rebondir sur le verre derrière nous et tomber au sol. Il écarta mon soutien-gorge et prit mes seins dans ses mains. Ma tête tomba contre la porte avec un gémissement grave.

— Jana, dit Finn d'une voix rauque autoritaire.

Je me forçai à ouvrir les yeux et retrouvai son regard brûlant et sombre qui m'attendait. Je déglutis. Le désir me malmenait, s'intensifiant au plus profond de moi. L'attente, l'intensité et le manque se mélangeaient dans l'intimité et la vulnérabilité que je ressentais avec lui. Il pinça mon téton. Je lâchai un cri.

— Recommence, demandai-je, mourant d'envie de ressentir cette morsure.

Avec un sourire si dangereux, si sexy et qui me faisait un effet fou, il obéit. Il passa son pouce sur l'attache entre mes seins, les relâchant. Ils étaient chauds, tendus et me faisaient mal. Je sentis des papillons dans mon ventre se préparer à la tempête à venir. Il plongea la tête et passa sa langue entre mes seins avant de foncer vers l'un de mes tétons. Il l'encercla de sa langue, ses dents griffant la petite pointe, alors qu'il le prenait dans sa bouche. La succion mouillée en elle-même me déchirait de plaisir. Je balançai mes hanches contre son genou, agitée et impatiente, une sensation si intense que j'avais besoin de trouver une façon de l'exprimer.

Tout ce qu'il faisait me rendait plus folle encore. Sa langue passa à mon autre téton, la morsure de ses dents ne me soulageant qu'à peine. Je tirai sur les boutons de sa chemise, soupirant quand je sentis les pans de muscles durs sur son torse, sa peau chaude contre la mienne. Quand je plongeai la tête et passai ma langue sur sa peau, il marmonna quelque chose et me souleva brutalement contre lui. Il se retourna et fit quelques pas, me posant sur mon bureau. Ma jupe remonta sur mes cuisses. Il se recula, tirant mes hanches vers le bord du bureau.

Ses yeux trouvèrent les miens. J'essayai de le tirer vers moi, mais il secoua la tête. Il s'agenouilla entre mes jambes, passant un doigt sur la soie mouillée. Quand il écarta mes cuisses, l'air frais qui rencontra ma chaleur me fit frissonner. Une autre caresse de ses doigts puis il approcha sa bouche, me léchant à travers la soie et suçant mon clitoris. Je hurlai de plaisir, une sensation si profonde et violente.

— Finn, ne me fais pas attendre...

Mes mots moururent dans un gémissement.

Il recula et me regarda.

— Oh, tu vas attendre. Tu m'as fait attendre pendant des jours, marmonna-t-il avec un rire grave, me torturant à travers la soie.

Après un instant, il arracha ma culotte. Je levai mes hanches pour l'aider à la retirer. Il écarta mes plis. Mon sexe se serra et palpita alors qu'il jouait avec moi, passant ses doigts sur ma mouille et caressant mon clitoris. Juste au moment où j'étais au bout de mes forces, il plongea un doigt en moi.

J'étais perdue, je m'agrippai au bord de mon bureau en me penchant en arrière. J'étais sauvage et vibrante, ma jupe remontée sur mes hanches, mon chemisier ouvert, attendant désespérément qu'il soit en moi. Il disait qu'il voulait me faire attendre, mais il n'avait pas précisé qu'il allait me rendre complètement folle pendant ce temps-là. Un autre doigt rejoignit le premier, et il commença des va-et-vient. Juste quand je crus que je ne pouvais plus tenir, il approcha sa bouche à nouveau, suçant mon clitoris et me faisant exploser d'une telle force que mes coudes lâchèrent et que je tombai sur le bureau.

Il se recula doucement. Je l'entendis défaire son pantalon et je me redressai.

— J'ai besoin de toi. Tout de suite, demandai-je.

— Je suis là, répondit-il d'une voix tendue.

Il prit sa queue tendue et épaisse dans sa main et passa son gland dans mes plis trempés. J'enroulai mes jambes sur ses hanches et me cambrai contre lui. En un coup de reins, il plongea en moi, s'installant au plus profond de mon centre. Cette sensation, lui en moi, était si bonne, si juste que je hurlai. Il resta immobile un instant.

— Jana, dit-il, mon nom était un ordre rauque.

Je me redressai sur mes coudes à nouveau, plongeant dans son regard. J'étais surpassée par mes émotions, mais je ne pouvais pas détourner le regard. Il recula doucement, baissant les yeux entre nous. Mon regard suivit le sien pour trouver sa queue, brillante de mouille quand il se recula et plongea en moi encore et encore. On regarda ensemble, une vision si excitante que je manquai de jouir à nouveau. Mais ensuite il prononça mon nom et plongea une main dans mes cheveux, se penchant en avant pour plonger plus profond. L'une de ses mains s'enroula sur ma hanche, me gardant près de lui, il approcha ses lèvres des miennes et avala mes cris dans un baiser. Mon orgasme commença dans mes doigts de pieds et monta en moi, si profond et intense qu'il fit vibrer chaque corde de mon être. Je sentis son orgasme quand il se raidit, et qu'une chaleur m'emplit.

On pulsa ensemble, puis il se retira doucement. On se fixait du regard, nos souffles étaient courts. Après un instant, il passa ses doigts dans mes cheveux, passant son pouce sur ma mâchoire puis sur mes lèvres. Je l'attrapai entre mes dents, le relâchant doucement. J'avais envie de pleurer, mais ce n'était pas des larmes de tristesse.

L'émotion qui montait en moi était si intense que je ne savais pas quoi en faire, donc je l'écartai et me forçai à rester légère.

— Donc, tu as proposé de cuisiner ?

Il soutint mon regard avec un air inquisiteur, mais finit par acquiescer.

— C'est vrai. Allons diner.

Il se retira lentement de moi, et cette connexion me manqua immédiatement. En tant que gentleman qu'il était, il m'aida à remettre mes vêtements. Alors qu'on sortait du bureau, main dans la main, je me demandai si j'avais perdu la tête. Ou plutôt si j'avais perdu mon cœur.

Chapitre Dix-Neuf

FINN

Je me réveillai avec la sensation d'un visage poilu qui se frottait au mien, sous le son des ronronnements. Pendant un instant, je ne comprenais pas ce qu'il se passait, puis je me souvins d'où j'étais : dans le lit de Jana. Smokey avait saisi cette occasion pour me dire bonjour. Je tendis le bras et le caressai un moment avant qu'il ne saute du lit et que je l'entende quitter la chambre en courant. Jana était chaude contre moi, son souffle régulier. Sa tête était logée contre mon épaule, et l'une de ses jambes était étalée sur les miennes. Ses courbes étaient douces contre moi, et sa peau douce comme la soie. Je la regardai, la lumière des lampadaires traversant la fenêtre pour illuminer ses traits. Ses cheveux étaient emmêlés autour de son visage.

Mon esprit revint à la nuit précédente. Après notre interlude dans son bureau, on était passés chez moi pour que je puisse retirer mon uniforme et on était allés au supermarché pour acheter les ingrédients de notre diner. Elle voulait des nouilles sautées, ce fut donc ce que je fis. J'adorais cuisiner. Depuis toujours. Peut-être parce que la cuisine avait toujours été le lieu où je passais le plus de temps avec ma mère quand j'étais petit. Elle m'avait toujours trainé dans la cuisine avec elle, tout comme ma petite sœur, qui elle s'était rebellée en disant qu'elle détestait cuisiner. En tant qu'homme célibataire, c'était un bonus d'être capable de me cuisiner des repas décents.

Après le diner, on s'était installés dans le canapé de Jana. Quand elle s'était endormie, je l'avais emmenée jusqu'à son lit. Elle s'était réveillée assez longtemps pour se déshabiller puis s'effondrer contre moi, chaude et nue. Mon esprit tournait en boucle, se demandant dans quoi je me lançais avec Jana. Elle me plaisait. Elle me plaisait tellement que je commençais à me demander si ce n'était pas plus. Mais je n'étais pas sûr de quoi penser. Je ne m'étais pas préparé à ce que cette rencontre soit autre chose qu'une histoire légère, mais je n'avais pas vraiment planifié quoi que ce soit. Mon attirance pour Jana était bien trop puissante pour que je l'ignore, mais essayer de me projeter vers du sérieux n'était pas simple. Je ne faisais pas confiance facilement.

J'avais envie de me détendre, mais je ne savais pas si j'en étais capable. Mais à l'instant, Jana était chaude contre moi, et je ne voulais pas penser à quoi que ce soit d'autre. Elle se tourna dans son sommeil et je passai ma main dans son dos, savourant la chaleur de sa peau et laissant ma main se poser sur la courbe de ses fesses. Après une autre profonde inspiration, je me rendormis.

Je me réveillai le lendemain matin, sentant immédiatement que Jana n'était pas au lit avec moi. Je me tournai sur le côté et vis de la vapeur d'eau s'échapper par la porte de la salle de bain. Je me redressai rapidement et entrai sous la douche. Au moment où j'entrai et la vis là, nue, couverte de bulles de savon, ma queue se dressa. Je n'étais jamais à moitié excité avec Jana. J'étais toujours prêt à l'action. J'entrai sous la douche derrière elle, passant mes mains sur ses côtes, savourant les courbes de ses seins et le pincement de sa taille avant l'arrivée de ses hanches.

Elle gémit, lâchant même un petit cri. Je ne me gênai même pas à cacher mon érection, m'avançant derrière elle et savourant la sensation de ses fesses rondes contre ma queue. Elle rit et leva la tête pour se rincer avant de se tourner dans mes bras. Ses yeux étaient brillants, et ses cheveux bruns étaient lisses, dégagés de son visage alors que ses cils étaient mouillés.

— Bonjour, dit-elle avec un sourire malin, passant la main entre nous pour l'enrouler sur ma queue.

— Bonjour, murmurai-je en retour, plongeant ma tête en avant pour l'embrasser.

Mais elle se baissa doucement, me regardant d'en bas alors qu'elle passait sa queue sur ma langue, la passant tout autour de mon gland. Ma queue pulsa si fort pour elle que j'en avais mal. Je regardai sa bouche se refermer sur le bout de mon membre alors qu'elle m'avalait, sans jamais me quitter des yeux. Elle recula, avec une succion qui me foudroya de plaisir.

Prenant ma queue dans sa main et sa bouche, elle fit des allers-retours. Elle ne me lâcha que pour attraper mes couilles avant de m'avaler plus profondément, le bout de ma queue touchant le fond de sa gorge. Bordel. Sentir Jana me sucer était l'une des meilleures façons de se réveiller au monde. Quelques coups de plus alors qu'elle jouait avec moi, et j'étais à bout. J'avais besoin d'être en elle.

Je murmurai son nom d'une voix rauque en l'attrapant, la tirant vers le haut avant de la retourner. Ses paumes claquèrent contre le carrelage. Comme si elle pouvait lire dans mes pensées, elle savait ce que je voulais. Elle écarta les cuisses et cambra le dos. Je passai ma main dans le creux de sa colonne vertébrale et sur ses fesses rondes. J'attrapai sa hanche d'une main, ma queue dans l'autre, passant entre ses plis humides. Elle était prête pour moi. Je plongeai en elle, m'enfonçant dans son antre crémeux. Elle hurla, se cambra encore plus.

Je la pris durement, la baisant fort contre ce mur. Je m'accrochai à ses hanches à deux mains pour la maintenir en place, la limant fort, sa chatte se serrant sur mon membre comme pour traire ma queue. Je passai une main devant elle, caressai son bouton d'amour gonflé, serrant les dents et gardant mon sang-froid jusqu'à ce que je la sente crier avant de me lâcher. Sa chatte se serra sur moi et je me laissai aller.

Mon orgasme me traversa d'une force folle, me fouettant si fort que je claquai ma paume contre le carrelage à côté d'elle pour ne pas tomber à la renverse. Je restai immobile, recroquevillé contre elle, nos souffles ralentissant alors que l'eau chaude coulait sur notre peau. Quand mon pouls ralentit, je me reculai doucement, la retournant dans mes bras avant d'enfin l'embrasser.

Quand je reculai, ma main prise dans ses cheveux mouillés, et l'autre main sur ses fesses pour la garder près de moi, mon cœur se serra pendant que je regardais ses beaux yeux bleus. Je me forçai à reculer pour alléger le moment. J'attrapai le savon et lui tendis avec un sourire. Je me sentais secoué émotionnellement, et je voyais que c'était la même chose pour elle.

— Bonjour ma belle, réussis-je à dire, avec un ton léger et joueur.

Elle me rendit mon sourire et me jeta le savon.

Après notre douche, on s'habilla et j'eus l'impression de retrouver mon équilibre.

— Ce n'était pas la pire façon de se réveiller, dit-elle avec un rire.

— Pas la pire ? rétorquai-je en plissant les yeux.

Elle me lança un sourire.

— D'accord. C'était génial.

Elle passa un t-shirt, étouffant sa voix.

— Tu bosses aujourd'hui ?

Quand son visage réapparut, je secouai la tête en boutonnant mon jean.

— Nan. Et toi ? demandai-je.

— Je ne bosse pas le samedi d'habitude. De temps en temps, j'ai quelques documents ou des trucs pour le tribunal, mais j'ai tout fait. Tu veux qu'on fasse quelque chose ensemble ?

Je soutins son regard, réfléchissant à sa question. Ça faisait des années que je n'avais pas fait plus qu'un diner et une partie de jambes en l'air avec une femme. Donc je haussai les épaules.

— Je ne sais pas. Tu avais envie de faire quelque chose ? demandai-je.

Je ne savais pas quoi faire, mais je savais que je ne voulais pas la quitter. Pas tout de suite.

— Allons à la plage.

Chapitre Vingt

JANA

Nous étions sur la plage, en train de regarder l'eau. Cette journée avait offert un rayon de soleil dans la matinée, mais le ciel était gris maintenant. L'océan était calme aujourd'hui, s'étalant au loin. C'était une mer grise bercée lentement par le vent. Les rochers s'élevaient au loin à travers le brouillard de chaque côté. Les mouettes criaient et traversaient l'air. Nous nous tenions sur la plage, juste derrière l'un de mes lieux préférés. Je pris une profonde inspiration, savourant l'air de la mer. Le simple fait d'être face à l'océan était libérateur, et le vent emportait mes inquiétudes.

Finn avait accepté de venir avec moi, disant dans son bel accent anglais qu'il n'était jamais venu ici. Il n'avait vu que l'océan du port de Seattle. Nous étions au nord de Saltwater State Park, sur une plage locale. Je venais ici régulièrement avec ma mère quand j'étais petite. J'emmenais Finn déjeuner dans l'un de mes lieux préférés. Je me détournai de la vue et pris sa main.

— Viens. Je meurs de faim.

Quelques minutes plus tard, il suivait mes instructions et se garait devant Sal's Diner. C'était un vieux restaurant dans un bâtiment carré usé, avec des traces de peinture argentée sur le toit. J'adorais cet endroit, et ils faisaient les meilleurs *biscuits and gravy* du monde.

— Les meilleurs *biscuits and gravy* que j'ai jamais mangés, annonçai-je en regardant le menu une fois qu'on était installés.

— Biscuits à la sauce ? répéta-t-il en haussant un sourcil. C'est un truc d'Américain, ça, non ?

— Oui, et c'est trop bon. Si tu n'as jamais goûté, il faut que tu commandes ça.

Il me fit un sourire en coin, l'un de ces sourires sexy qui faisaient papillonner mon ventre.

— C'est un ordre ?

— Oui, déclarai-je en lui donnant un coup de menu dans le poignet.

Finn rit, sa voix grave me faisant frissonner, puis il haussa les épaules.

— Très bien. Je vais faire ça.

— Bien.

Je reculai sur ma chaise, passant ma main sur le siège en faux cuir rouge.

Je le regardai observer le restaurant. C'était un *diner* américain classique avec des banquettes rouges en faux cuir tout au long du mur. Il y avait un comptoir au fond avec des tabourets hauts. La cuisine était juste derrière le comptoir, et le grill était visible. Sal et June Torro étaient propriétaires du lieu. C'étaient de vieux amis de ma mère. Je n'avais jamais emmené un homme ici, et je ne savais pas vraiment ce qui me prenait, mais c'était le seul lieu où je voulais aller aujourd'hui.

Un sapin de Noël habitait l'un des coins à côté du comptoir, avec tout un tas de décorations. Sal et Jun laissaient les enfants de l'école primaire du coin décorer le sapin tous les ans, ce qui voulait dire des troupeaux de jeunes enfants autour d'un sapin, et des décorations très variées d'une année à l'autre. L'un des côtés du sapin de cette année semblait prêt à tomber sous le poids des ornements, mais les paillettes et les nœuds attachés de l'autre côté le retenaient.

Sal n'était pas derrière le comptoir quand on arriva. Notre serveuse arriva pour nous servir du café, et Finn commanda poliment ses *biscuits and gravy* avec de la purée, comme je venais de le faire. Notre serveuse, Mabel, me regarda avec un grand sourire en prenant nos menus.

— Sal est au fond. Je vais lui dire que tu es là, lança-t-elle avant de partir.

Finn haussa les sourcils avec un air interrogateur. J'aimais de plus en plus le fait qu'il s'engage toujours dans une conversation sans jamais être trop insistant. Je ne pouvais pas dire que c'était mon style.

— Sal est un vieil ami de la famille, expliquai-je.

Il acquiesça simplement, puis posa la question évidente qui venait après ça.

— Où est ta famille maintenant ? Ils vivent dans le coin ?

Je déglutis face à l'émotion qui s'empara soudainement de ma gorge. J'étais enfant unique, élevée par ma mère. Mon père... n'avait jamais vraiment été là. Je savais qui c'était, et je savais qu'il était encore en vie. Il n'avait jamais payé un centime de pension alimentaire, et on n'avait pas vraiment de relation. Je répondis à Finn avec la réponse que j'avais apprise par cœur depuis la mort de ma mère.

— C'était juste moi et ma mère. Mais elle est morte il y a quelques années.

Je détestais toujours cette réponse. On était vraiment proches et elle me manquait énormément.

— Je suis désolé, dit-il simplement avec un regard chaleureux, en fixant mon visage.

Je sentais qu'il essayait de voir à quel point j'étais triste.

— Merci. Ça va. C'est nul, mais on s'y habitue.

Je me secouai.

— Bref, Sal et sa femme étaient de très bons amis de ma mère, donc je viens toujours ici, expliquai-je, réalisant soudainement que ce lieu avait peut-être plus de signification que ce que je voulais qu'il y voie.

Sal me sauva, sortant des portes battantes à côté de la cuisine et appelant mon nom en traversant la pièce.

— Ma petite Jana ! dit-il d'une vieille voix rauque.

Mon cœur s'adoucit au moment où je le vis. J'adorais Sal. Il était rond et potelé, avec des cheveux gris. Ses yeux marron brillaient malgré les rides de son sourire quand il arriva à côté de nous. Je me levai pour le prendre dans mes bras. Il me serra fort puis s'installa sur la banquette, passant une main sur mes épaules et me serrant les mains alors que je m'asseyais.

— Salut Sal, dis-je.

— Ça fait bien trop longtemps. Je disais justement ça à June l'autre soir, que je me demandais comment tu allais, répondit-il.

— Eh bien me voilà. June est là ?

Sal secoua la tête.

— Non, elle a emmené Dots chez le véto, répondit-il en parlant de leur chien.

— Oh, Dots va bien ?

— Elle doit juste faire ses vaccins. Rien d'inquiétant. June reviendra dans pas longtemps. Tu restes combien de temps ?

— Juste le temps d'un repas, répondis-je.

Je sentis son regard curieux passer de moi à Finn.

Je regardai Finn puis Sal.

— Sal, je te présente Finn, et Finn, voici Sal, dis-je en les désignant tous les deux.

Finn se leva et lui tendit la main. Sal le regarda d'un air sceptique. C'était tout un évènement que j'amène un homme ici. De nombreuses façons, Sal était ce que j'avais de plus proche d'un père.

— Ravi de vous rencontrer, monsieur, dit Finn.

— De même, répondit Sal avant de me regarder en lâchant la main de Finn. Qu'est-ce qu'un Anglais fait là ? demanda-t-il.

La réponse de Finn sortit simplement.

— J'ai fait mes années d'université ici, et je suis resté, dit-il simplement.

Son explication n'était que la surface de l'histoire, mais c'était la vérité.

Sal acquiesça, puis me mit profondément mal à l'aise.

— Tu es son petit ami ? demanda-t-il franchement.

Finn venait à peine de se rasseoir et de prendre une gorgée de son café. Il manqua de s'étouffer. Il me regarda en attrapant une serviette.

Je croisai le regard de Sal.

— On a dîné ensemble hier soir, et on vient prendre le petit-déj. Fais avec. Je suis adulte depuis au moins quatre ans.

Sal plissa les yeux vers moi.

— Je sais que tu es adulte, mais tu n'as personne pour prendre soin de toi, alors je me dis que c'est mon rôle, déclara-t-il sans une pointe de honte pour sa curiosité déplacée.

Finn rit poliment, en nous regardant tous les deux.

— C'est normal que quelqu'un pose ce genre de question, même si Jana est clairement capable de se défendre, dit-il poliment.

Sal sourit.

— Tu me plais, mon garçon. Elle sait bien se défendre, ça, c'est sûr. Elle est même un peu vilaine sur les bords.

Il y avait beaucoup de douceur dans le sarcasme de Sal. Finn rit, ses yeux tombant sur moi. Je vis un air de compréhension passer au fond de ses yeux, et ça me fit un drôle d'effet. Mon cœur sursauta un peu. L'émotion monta dans ma poitrine. Je ressentais quelque chose que je n'avais pas vu venir. J'avais du mal à faire confiance aux gens depuis ce qu'il s'était passé avec Rick. Essayer de trouver quelqu'un était déjà assez emmerdant. C'était difficile de faire confiance à qui que ce soit, mais je faisais confiance à Finn.

— Alors, qu'est-ce que vous avez commandé à manger ? demanda Sal, permettant à la conversation d'avancer.

— Des biscuits à la sauce, dit Finn avec un sourire.

— Ah, le plat préféré de Jana. Tu as déjà essayé ? demanda Sal.

— Non, je n'ai pas eu ce plaisir. Pourtant, je suis déjà allé dans des restaurants américains. Mais je n'ai jamais pris le temps d'essayer.

Sal fit un clin d'œil.

— Ça va te plaire.

Quelqu'un appela Sal dans la cuisine. Il me serra l'épaule et se pencha pour m'embrasser sur la joue.

— Essaie de revenir vite, et préviens-nous, comme ça June pourra te voir.

Il lança un regard à Finn.

— Ravi de t'avoir rencontré. Prends soin d'elle.

Sur ces mots, il partit, passant les portes battantes. Le bruit de la cuisine s'échappa dans le restaurant. Je pris une gorgée de café pour me donner du courage avant de trouver le regard de Fin.

— Désolée qu'il t'ait demandé ça comme ça. Sal est

un peu... Je sais pas, mais c'est un peu comme un père pour moi.

Mes mots m'échappèrent et mes joues rougirent. Mon explication continua sans que je le décide.

— C'était juste moi et ma mère. Mon père n'a jamais vraiment été présent. June était l'une des meilleures amies de ma mère quand j'étais petite, et elle et Sal se sont beaucoup occupés de moi. On partait en vacances ensemble.

Le regard de Finn était stable. Il avait assez d'élégance pour accepter mon explication sans en demander plus. Il prit une gorgée de café bien calculée avant de poser sa tasse et d'ajouter un peu de lait.

— C'est chouette d'avoir des gens comme ça. La famille, c'est pas toujours simple.

— Non. Jamais, j'imagine. Où est ta famille à toi ? demandai-je pour éloigner le sujet de moi.

— Londres, répondit-il.

J'en savais un peu plus grâce à Ethan, mais je voulais l'entendre de Finn.

— Mes deux parents sont en vie. Mon père gère une compagnie d'investissement bancaire, et ma mère était prof, mais elle a pris sa retraite.

— Des frères et sœurs ?

— J'ai une petite sœur. Sarah.

— Elle est à Londres aussi ?

Il secoua la tête.

— Oh, non. Sarah ne reste jamais longtemps au même endroit. En ce moment, elle est à Washington, D.C. Tu la rencontreras peut-être, elle m'a écrit pour me dire qu'elle viendra peut-être me voir dans quelques semaines pour les fêtes.

J'acquiesçai poliment, curieuse de voir à quoi ressemblait la sœur de Finn. Alors que je réfléchissais à ça, je réalisai que nous faisions ce que font les gens quand ce n'est pas juste une relation superficielle. J'écartai ces pensées rapidement.

Peu de temps après, nos plats arrivèrent. Je pris une bouchée et gémis face au délice de saveurs. C'était réconfortant, chaud et parfait. Je regardai Finn de l'autre côté de la table et trouvai son regard sur moi, assombri.

Il tapota son doigt sur le coin de sa bouche.

— Tu as un peu de sauce là.

Je sortis ma langue pour attraper la dernière goutte. Ses yeux devinrent plus sombres encore et mon pouls répondit avec la même énergie alors qu'une chaleur s'emparait de moi. Doux Jésus. Il lui suffisait de me regarder pour que je sois excitée. Le fait que je sois encore satisfaite après notre galipette du matin ne semblait rien changer.

— T'en penses quoi ? demandai-je.

Je me forçai à arrêter de manger. Après une bouchée, il soutint mon regard et hocha fermement la tête.

— Délicieux. Je suis bête de ne pas avoir essayé plus tôt. Je dois admettre que j'étais un peu confus en entendant le nom du plat.

— Qu'est-ce que tu veux dire ?

— On dit biscuit pour des choses sucrées en Angleterre, expliqua-t-il.

— Oh, genre des cookies ?

Il acquiesça et j'explosai de rire.

— Oh mon Dieu ! Je comprends pourquoi tu étais confus.

Il sourit et prit une autre bouchée, se lançant dans sa dégustation. Sal vint nous voir quand on se préparait à partir. Finn insista pour payer et ne me laissa pas me défendre. Sal n'aida en rien.

— Oh, chut. Il a le droit de payer.

Sal me fit un gros câlin avant que je ne parte et donna une tape sur l'épaule de Finn, un grand signe d'affection de la part de Sal. Il était parfois froid et distant.

Alors qu'on sortait du restaurant, je voulus dire à Finn qu'on devrait retourner à Seattle. Mais je ne le fis pas.

— Je crois qu'on devrait aller se balader.

FINN

Quelques jours plus tard, je traversai le couloir du tribunal, m'arrêtant devant la porte qui menait aux bureaux des avocats. Quand je présentai mon badge, le garde hocha la tête, derrière sa fenêtre pare-balles, et me laissa entrer.

— Tu viens voir Becca ? lança-t-il alors que je passais la porte ouverte.

— Oui. Elle est dans son bureau ? demandai-je en retour.

Il hocha la tête et j'avançai, me dirigeant vers le bureau de Becca.

Je frappai à sa porte fermée. Quand elle me dit d'entrer, je passai la porte avant de la refermer derrière moi pour faire taire la cacophonie du couloir. Les bureaux du procureur de Seattle étaient toujours pleins de monde, et aujourd'hui ne faisait pas exception.

Becca leva les yeux de son bureau. Elle n'avait pas souvent l'air secouée, mais aujourd'hui elle n'en semblait pas loin. Ses cheveux sombres étaient noués en chignon et ses yeux bleus étaient agités. Elle termina un appel, posa le téléphone et lui lança un regard noir.

— Bonjour, Finn, dit-elle avec une voix trop douce pour essayer de contrer l'agacement qu'elle ressentait face à son interlocuteur au téléphone.

— Bonjour Becca. J'ai vu des journalistes dehors. J'imagine qu'ils sont là pour l'audience de Ray.

Elle leva les yeux au ciel.

— Sans doute, oui. J'ai parlé à Lynne Sutton ce matin. Elle tient le choc. Elle est stressée, mais ça va. Tu as eu l'occasion de lui parler ?

— Je l'ai appelée ce matin aussi. Elle sera là. Sa famille a engagé un avocat pour la soutenir.

— On a un dossier solide, dit Becca fermement.

— C'est notre boulot. Ça devrait aller une fois qu'on aura passé cette audience.

Le téléphone portable de Becca sonna. En regardant son écran, son visage s'adoucit.

— Attends. Je vais répondre.

Elle se retourna. Sa conversation fut brève. J'entendis juste la fin alors qu'elle se retournait vers moi.

— Je t'aime, je rentre vers 19 h.

Je supposai que c'était son mari. Quelques secondes au téléphone avec lui et elle semblait déjà plus détendue.

— Comment va Aidan ? demandai-je.

Becca me lança un sourire.

— Il va bien. Il s'inquiète parce que je travaille trop.

— Il a raison, non ? rétorquai-je.

Elle leva les yeux au ciel.

— Peut-être. Mais il travaille dur aussi.

— J'en doute pas. Quand vous aurez le bébé, tu ralentiras peut-être.

Becca pencha la tête sur le côté.

— Je sais. On verra comment ça se passe. Je n'arrive pas à me décider.

— Décider sur quoi ?

— Si je veux faire moins d'heures après l'arrivée du bébé. Tu en penses quoi ?

J'étais surpris par sa question, et il me fallut un moment pour trouver ma réponse.

— Je crois que c'est entre toi et Aidan, non ?

Becca rit.

— Sans doute. Aidan a proposé de faire moins d'heures, mais je pense que je me sentirais coupable.

J'acquiesçai, ne serait-ce que parce que je ne savais pas quoi faire d'autre. Je connaissais Becca plutôt bien, mais pas assez bien pour lui donner mon opinion sur comment gérer le travail et les enfants.

— En parlant de se poser, et toi ? demanda-t-elle.

— Quoi moi ?

— T'es beau, t'as un accent anglais, t'as un bon job et t'es vraiment sympa. On peut dire que tu es le rêve de beaucoup de gens, dit-elle avec un petit sourire. Est-ce que je suis censée t'organiser un diner avec l'une de mes amies ?

Elle dut voir l'horreur sur mon visage parce qu'elle explosa de rire. Son regard reprit du sérieux et son rire disparut.

— Non, sérieusement, tu es un gars bien. Tu rendrais surement quelqu'un très heureux.

Je n'étais pas prêt pour le tournant que prenait cette conversation, et j'acquiesçai simplement en me tortillant sur ma chaise.

— Tu vois quelqu'un en ce moment ? demanda Becca, me poussant un peu trop sur le sujet à mon goût.

— Qu'est-ce que tu as ce matin ? Tu vas dans le perso, dis donc.

— Oh, arrête. Je te connais assez bien pour poser la question. Je ne dis pas que tu es obligé de te poser, mais je n'arrive pas à t'imaginer seul pour le reste de ta vie. Tu n'es pas vraiment du genre vieux célibataire.

Je dus avoir l'air confus, car elle continua.

— Tu es gentil, tu es stable, et de ce que je sais tu n'as pas une mauvaise réputation de coureur de jupons. Tu es discret...

Je la coupai.

— Qu'est-ce que le fait d'être discret a à voir avec tout ça ?

— Oh, je ne sais pas. Je dis juste que tu n'es pas un connard, ni ultra-arrogant à ramener des mannequins partout et tout le temps, clarifia-t-elle.

Je ris doucement.

— Je vois. J'imagine que je devrais prendre ça comme un compliment.

Becca sourit.

— Bref, tu vois quelqu'un ?

Jana entra dans mes pensées. Je la voyais elle, en soi, d'une façon dont je n'avais vu personne depuis des années. Je ne savais pas quel mot mettre dessus. C'était comme si on avait lancé une balle, et que maintenant il était impossible de l'empêcher de rouler. Après notre déjeuner chez Sal's Diner le weekend dernier, elle m'avait emmené faire une balade sur la plage, sur son chemin préféré. On y avait passé quelques heures, et sur le retour vers Seattle, on avait dîné ensemble. C'était le deuxième weekend d'affilée où je passais les deux nuits avec elle.

En réfléchissant à ça, j'essayai de me souvenir de la dernière fois que j'avais passé deux weekends d'affilée avec une femme. Ce n'était pas arrivé depuis Kristen. Je commençais à paniquer un peu à chaque fois que j'y pensais. À l'instant par exemple, j'écartai ces pensées parce que la dernière chose que je voulais était de ne plus pouvoir penser à Jana.

Au lieu de répondre à la question de Becca sur ma vie sentimentale, je lui demandai :

— Vous êtes mariés depuis combien de temps avec Aidan ?

Becca tapota des doigts sur la table avec un sourire.

— Quatre ans.

— Tu t'ennuies des fois ? demandai-je en retour.

Elle rit doucement.

— Je ne sais pas trop ce que tu entends par là. On s'est habitués l'un à l'autre, on est à l'aise. De façon positive et négative, dans le sens où je connais toutes ses habitudes emmerdantes et qu'il connait les miennes. Il y a des choses sur lesquelles je peux compter tous les jours, et je ne parle pas des gros trucs. Les petites choses, par exemple si je me réveille avec un mal de crâne, il m'amène un Doliprane et un thé avant même que je puisse lui demander. Il me dit que je travaille trop, et je lui dis pareil. Ça ne fait que quatre ans, mais je sais déjà qu'il faut qu'on travaille là-dessus. Pas dans le sens où ça affecte notre amour, mais parce que je sais qu'on ne peut pas passer toutes ses journées avec quelqu'un sans faire d'efforts. Pourquoi tu demandes ça ?

Je soutins son regard quelques instants.

— Je vois quelqu'un, je pense qu'on peut le dire comme ça, expliquai-je enfin.

Elle sourit doucement.

— Je voulais t'embêter, mais je suppose que tu n'en parlerais même pas si ce n'était pas quelqu'un d'important.

Je haussai les épaules. Au moment où Becca fit cette remarque, je sus qu'elle avait raison. Jana comptait pour moi. Beaucoup. Mais je n'étais pas sûr d'être prêt à admettre ce que ça voulait dire.

— Je ne sais pas. Je n'ai pas envisagé une histoire sérieuse depuis très longtemps.

Becca acquiesça doucement, sans me quitter des yeux.

— Il parait que tu es un célibataire endurci depuis ton presque-mariage. Parle-moi d'elle. C'est qui ?

Je regardai Becca alors que Jana dansait dans mes pensées – ses beaux cheveux bruns, parsemés de mèches colorées, ses beaux yeux bleus, toujours joueurs, son sourire tordu et la façon folle dont elle attaquait la vie. Je ne pouvais pas ne pas penser à elle. Je repensais à ces rares fois où j'avais vu de la vulnéra-bilité danser au fond de son regard. Le simple fait d'y penser me serra le cœur. Je toussai pour me dégager la gorge en croisant le regard de Becca, me forçant à garder une expression calme.

— Jana, Jana Sparks, dis-je.

Becca pencha la tête sur le côté.

— Oh, c'est l'assistante juridique de Zoe Walsh, non ?

J'aurais dû me douter que Becca connaitrait Jana. Becca avait sans doute croisé Zoe au tribunal.

— Oui. Elle termine son école d'avocats le semestre prochain.

Becca resta silencieuse avec un regard pensif.

— C'est quoi ce regard ? demandai-je.

Elle haussa les épaules.

— Oh, je ne connais pas bien Jana, mais il y avait de très vilaines rumeurs, il y a quelques années. Pas de sa faute du tout. Mais ça m'avait rendu triste pour elle, à l'époque.

Elle parlait sans doute de ce que Jana m'avait

expliqué sur sa relation avec Rick, ou comme j'aimais l'appeler dans ma tête : ce con de Rick.

— Quelles rumeurs ? demandai-je, curieux de l'entendre de la bouche de quelqu'un d'autre que Jana.

Becca haussa les épaules doucement et soupira.

— Qu'elle sortait avec son ancien patron. Et c'était un gros scandale parce qu'il était marié. Elle a perdu son boulot et beaucoup d'opportunités pro à cause de ça. Je savais que Rick était un gros con. Il trompait sa femme tout le temps. Il avait aussi une habitude dégueulasse de ne pas dire à ses maitresses qu'il était marié. Je suis bien contente que sa femme l'ait enfin quitté. Bref, ça m'a juste rendue triste pour Jana toute cette histoire. Je ne dis pas que c'était une bonne idée de sortir avec son patron, mais elle ne pouvait pas savoir le reste. Ce que je déteste dans ce monde, c'est voir des hommes s'en tirer alors que ce sont eux qui ont fait la saloperie, pendant que la femme se fait descendre. Même si la situation avait été inversée, c'est la réputation de Jana qui en aurait pris un coup. En dehors du fait que sa femme l'a enfin quitté, Rick s'en est tiré sans accroc. J'étais contente d'apprendre que Jana était retombée sur ses pattes en travaillant pour Zoe. Je crois qu'elles sont proches.

J'acquiesçai.

— Oui. Jana m'en avait parlé un peu. C'est vraiment intolérable comme histoire.

— Ça oui, répondit Becca d'un ton résigné.

Un grand besoin de protection s'empara de moi. Je n'aimais pas entendre dire que Jana avait été au centre de rumeurs dégradantes. Elle n'avait pas eu peur d'être honnête sur ce qui s'était passé. Je n'étais pas sûr de pouvoir en dire tellement plus sur le sujet, à part que Rick pouvait aller se faire voir.

— Au moins, on dirait qu'elle est dans une bonne situation maintenant avec Zoe, et si elle termine son diplôme.

— Tu sais ce qu'elle veut faire quand elle aura terminé ? demanda Becca.

— Je crois qu'elle prévoit de travailler avec Zoe.

Becca s'affaissa dans sa chaise.

— Bien sûr. Et j'aurai encore une autre avocate de dingue contre qui me battre.

Je ris doucement.

— Je ne suis pas sûre qu'elle s'occupe de ton genre de dossiers.

Becca me lança un sourire.

— Nan. Sans doute pas. Zoe garde ses distances avec les dossiers de violences conjugales d'habitude. Mais elle est brillante, et je suis sûre que Jana sera pareille.

Je ris doucement. Jana était déjà brillante. Son approche frontale de la vie faisait partie de ce que j'avais trouvé irrésistible chez elle. Je ne pouvais qu'imaginer la douleur qu'elle serait pour les procureurs. Elle était vive, drôle et n'aurait sans doute pas peur d'un petit affrontement au tribunal.

Le téléphone de Becca sonna alors que quelqu'un frappait à sa porte. Elle me regarda, me faisant signe d'aller à la porte pendant qu'elle répondait.

— Tu veux bien voir qui c'est ? demanda-t-elle avant de saluer la personne au téléphone.

Je me levai pour ouvrir la porte où je trouvai Aidan avec deux cafés dans les mains.

— Bonjour, dis-je, en lui faisant signe d'entrer. Je suppose que Becca sait que tu viens.

Vu le regard sur son visage, je me trompais. Aidan rit doucement et nous regarda tous les deux. Elle plissa les yeux en parlant à son interlocuteur. Elle termina l'appel rapidement et regarda son mari. Aidan était entré dans le bureau et se tenait juste à côté de la porte.

Il me lança un sourire.

— Tu avais l'air fatiguée au téléphone, donc je t'ai apporté un café.

— Je vois ça. Je ne suis pas vraiment censée en boire, dit Becca avec un sourire.

— C'est la plus petite taille qu'ils ont, répliqua-t-il.

Je plongeai mes mains dans mes poches et hochai la tête vers Aidan.

— J'étais sur le point de filer. Ça fait plaisir de te voir.

Aidan acquiesça rapidement.

— Toi aussi. Je suppose que tu es là pour l'audience de Sutton.

Becca lui lança un regard noir.

— Comment tu sais...?

Aidan leva les yeux au ciel.

— Chérie, Ray Sutton est candidat à la mairie. C'est dans tous les journaux ce matin.

Il s'écarta du mur et fit le tour du bureau, posant son café avant de lui faire un long bisou sur la joue. Aidan McNamara gérait l'une des meilleures compagnies de sécurité à Seattle. Il avait fait partie des Navy SEAL et ça se voyait. Il avait vraiment l'air d'un dur à cuire, mais avait une faiblesse : Becca.

Je pris un moment pour dire au revoir. Lorsque je fermai la porte derrière moi, je vis Becca passer sa main dans les cheveux d'Aidan. Je me demandai ce que ça ferait de voir Jana me regarder de la même façon. Il était évident que Becca adorait Aidan. Tout comme Jana, Becca était audacieuse et courageuse. Mais elle était douce avec Aidan, tout comme il l'était avec elle.

Je secouai la tête pour me forcer à me concentrer

sur le moment. Je n'avais pas le temps de penser à Jana. Mais à moins que quelque chose ne m'occupe, Jana accaparait toute mon attention.

Chapitre Vingt-Deux

JANA

J'étais assise sur mon bureau en train de balancer mes jambes en riant avec Daisy Wells. Zoe et moi avions appris à la connaitre en raison de son lien avec Ethan. J'étais amie avec elle, même avant qu'elle ne tombe follement amoureuse de Tristan, l'un des vieux amis d'Ethan. Daisy était une chercheuse en médecine, brillante, belle et drôle comme tout. Je secouai la tête vers elle.

—Je n'arrive pas à croire que tu aies fait ça.

— Pourquoi ? Je te jure que Jeff Miller me rend folle. Il m'avait déjà invitée à diner une fois, avant que je me mette avec Tristan. Il est tellement énervant. C'est le classique du docteur arrogant. Il pense que n'importe quelle belle femme a envie de lui, déclara Daisy en levant les yeux au ciel.

— Qu'est-ce que tu as fait ? demanda Zoe en sortant de son bureau.

On fermait le bureau, et Daisy était passée nous chercher pour nous emmener boire un verre entre filles.

— Oh, après que mon amie lui a dit non – encore une fois – je lui ai proposé de lui présenter quelqu'un.

— Oh mon Dieu, qui est-ce que tu lui as présenté ? demanda Zoe.

Daisy sourit, amusée.

— Helena Stepanov.

Zoe écarquilla les yeux.

— Je n'arrive pas à croire que tu aies fait ça.

Helena Stepanov était une chercheuse médicale que nous connaissions de loin, par le boulot de Daisy. Elle était aussi belle qu'un mannequin et elle était un peu effrayante.

— Elle me fait tellement peur, et il m'en faut beaucoup, dis-je.

Daisy me fit un clin d'œil.

— N'est-ce pas ? Je la trouve intimidante aussi. Je savais qu'il dirait oui parce qu'elle est canon. Mais je ne pense pas qu'il soit préparé à qui elle est sous ça. Le dernier gars avec qui elle est sortie, elle lui a crié dessus en plein restaurant. Sa mauvaise humeur est légendaire.

Zoe secoua la tête avec un rire et prit son manteau sur le portemanteau à côté de la porte. Je descendis du bureau, ce mouvement me rappelant la dernière fois que j'avais fait ça. Finn était plongé en moi sur ce même bureau. Je rougis et me tournai pour attraper mon manteau. Zoe n'aimerait sans doute pas savoir que Finn m'avait sautée ici. Enfin, peut-être qu'elle s'en ficherait. Elle n'était pas coincée. Et je savais aussi qu'elle avait fait des cochonneries avec Ethan dans son bureau à elle.

Ça me faisait bizarre de ne pas lui en dire plus sur ce qu'il se passait entre Finn et moi. En temps normal, je n'avais aucun problème à parler de ma vie sentimentale. Mais je n'avais pas envie de parler de Finn. Enfin, c'était surtout que parler de Finn me faisait réfléchir à l'effet fou qu'il me faisait et me rendait un peu folle. Donc je me disais simplement de me détendre et de profiter. C'était le conseil de Zoe, après tout.

On sortit avec Daisy. Nous retrouvions nos amies Olivia et Harper dans un restaurant à quelques pas d'ici, appelé le 13 Coins. Le 13 Coins était l'un des meilleurs restaurants de Seattle. On y servait de tout, des plats de bouis-bouis classiques à ceux d'un resto trois étoiles. C'était parfait pour une soirée entre amies.

Après quelques minutes de marches, on se retrouva sur une banquette haute en cuir noir. Je profitais d'un martini à la grenade pendant qu'on se racontait nos vies. Olivia, Daisy et Harper se connaissaient depuis l'enfance, elles avaient grandi en banlieue de Seattle. Olivia était une chirurgienne orthopédique de renom et avait été le premier lien avec les Seattle Stars, quand son mari, Liam Reed, s'était retrouvé sur sa table d'opération. Sa déclaration d'amour publique en pleine interview avait fait la une de tous les journaux. Quand j'avais appris à la connaitre, j'avais découvert qu'elle était brillante et généreuse. Elle était un peu coincée parfois, mais elle compensait parfaitement Liam, qui quant à lui était un dragueur invétéré. Avec ses cheveux noirs bouclés et ses yeux verts, elle était très belle, et était un contraste avec les cheveux blonds et les yeux marron de Daisy.

Harper, avec ses cheveux brun brillant et ses grands yeux bleus, était calme et mesurée, avec un sens de l'humour tranchant. Elle était mariée à Alex Gordon, le gardien légendaire des Seattle Stars. Je me sentais chanceuse d'avoir des amies aussi drôles, intelligentes et super qu'elles, même si parfois j'avais l'impression d'être le vilain petit canard. Ne serait-ce que parce que je n'avais jamais terminé mon diplôme d'avocat, et qu'elles avaient toutes de grandes carrières.

Harper était kinésithérapeute et nous avions parlé ensemble une fois de ce que ça faisait de voir sa carrière académique déraper. Elle s'était fait violer à la fac par un autre athlète, et cette attaque avait repoussé la fin de ses études. Je ne voyais pas vraiment la mort de ma mère et mon humiliation publique comme étant la même chose. Quand j'avais dit ça à Harper, elle avait simplement souri doucement et avait dit que nous avions tous des obstacles différents, et qu'on ne sait jamais ce que traversent les gens. Sa force m'impressionnait toujours. En pensant à la vie d'Harper aujourd'hui, j'avais du mal à imaginer ce qu'elle avait vécu par le passé.

Daisy nous régalait avec les dernières aventures de sa fille, Lily.

— L'autre jour, je me retourne et je la vois en train de dessiner sur le mur avec des crayons de couleur. Elle a bien compris que je lui avais interdit de peindre les murs. Quand je lui ai dit d'arrêter et que je lui ai pris les crayons, elle m'a dit que ce n'était pas de la peinture. Je vous jure, dit Daisy avec un rire.

Olivia se recula, caressant son ventre rond. Elle était enceinte, très enceinte.

— C'est bien ce dont j'ai peur si on a un fils qui ressemble à Liam. D'après sa mère, c'était un enfant sauvage.

Je souris.

— Tu l'as épousé, il ne peut pas être si terrible que ça.

Olivia secoua la tête.

— Sa mère a dit que c'était un cauchemar.

Daisy rit.

— Au moins, il aura une personnalité flamboyante, non ?

Olivia leva les yeux au ciel.

— Ouais.

Je regardai Harper et Zoe.

— Et vous deux, c'est quoi le plan ?

Zoe soupira, me donnant un petit coup de coude.

— Ne me demande pas. Juste parce que je viens d'avoir 30 ans, c'est comme si tout le monde avait soudainement le droit de me demander quand je vais avoir des enfants.

Harper acquiesça vigoureusement.

— Exactement. Et si je n'ai pas envie d'avoir d'enfants ? Et si je ne sais pas ? C'est comme si j'étais censée tout savoir d'avance.

— Tu ne veux pas d'enfants ? demanda Daisy immédiatement.

Je retins un rire en voyant qu'elle essayait d'embêter Harper.

Harper lui lança un regard noir.

— Je ne sais pas. Je crois que si. Mais je ne suis pas prête.

Zoe se joignit à la conversation.

— Cette idiotie d'horloge biologique. Ethan est de plus en plus impatient, et je lui ai dit qu'il allait devoir se détendre. C'est moi qui vais le porter cet enfant, dit-elle en levant les yeux au ciel.

— Carrément, ajouta Olivia fermement. C'est ta décision. Je veux dire, je ne dis pas de ne pas en parler avec ton mari, mais crois-moi, c'est pas drôle. Je suis dans mon huitième mois, et y a des jours où j'ai juste envie de dormir toute la journée. J'ai l'impression d'être une baleine quand je suis allongée.

Daisy cracha presque sa gorgée sur la table.

Olivia prit une gorgée d'eau.

— Je suis tellement pressée de pouvoir boire de l'alcool. J'ai dit à Liam de m'apporter un cocktail dès que j'ai accouché.

Daisy rit.

— Désolée ma belle. Mais après ça, tu donneras le sein.

Olivia soupira.

— Je sais. Je plaisante, bien sûr.

— Oh, ce n'est pas complètement interdit. Tu peux boire, puis tirer ton lait avant d'allaiter, ajouta Daisy.

— T'es sérieuse ? demanda Zoe.

Daisy hocha la tête et prit une gorgée de son martini.

— Ouaip. Y a même des façons de calculer combien de lait tirer avant de pouvoir allaiter sans alcool dans ton lait. Tu verras quand tu auras un enfant. Tu passeras ta journée à parler de ton corps.

Notre serveur était arrivé pile au moment où Daisy prononçait les mots « allaiter sans alcool ». Elle le salua avec un grand sourire quand elle eut fini de parler. Il serra les lèvres en s'arrêtant près de notre table.

— D'accord mesdames, prêtes à commander ?

Après avoir pris notre commande, il passa à la table suivante et je me reculai sur mon siège. Zoe me regarda avec un sourire malin.

— Bon, maintenant qu'on est à jour sur les bébés. Tu en es où toi ?

— Eh bien, je n'ai vraiment pas l'intention d'avoir un bébé de sitôt, dis-je avec un petit rire.

Je sentis mes joues chauffer parce que je savais où elle voulait en venir avec sa question, mais je préférais faire l'innocente.

Malheureusement, Zoe n'allait pas me laisser m'en tirer si facilement.

— Ce n'est pas ce que je voulais dire. Tu prévois de rester célibataire pour toujours ?

Agacée, je devins un peu sèche.

— Et alors, qu'est-ce qu'on s'en fiche ? Tout comme on ne devrait pas passer notre temps à demander aux femmes quand elles auront des enfants, on ne devrait pas passer notre temps à supposer qu'une femme de presque trente ans meurt d'envie de se caser.

Zoe plissa le nez.

— Oh mon Dieu. Tu sais que ce n'est pas ce que je pense.

Daisy se joignit immédiatement à la conversation.

— Waouh, on dirait que quelqu'un est à fleur de peau.

Je levai les yeux au ciel et croisai les jambes en essayant d'ignorer le malaise qui montait en moi.

— Tout comme la question des enfants, je n'ai pas encore décidé si je voulais me poser ou non, dis-je fermement.

Daisy pencha la tête sur le côté.

— Qu'est-ce qui t'arrive ? Je blaguais, mais tu es vraiment à fleur de peau.

— Rien, dis-je en regrettant le fait que Daisy soit si insistante.

Zoe toussa, bien trop clairement.

Olivia plissa les yeux.

— Il se passe quelque chose. Tu ferais mieux de le dire.

— D'accord. Je suis sortie deux ou trois fois avec quelqu'un.

Je ne savais pas si cela décrivait bien ce que j'avais fait avec Finn chaque fois que je l'avais vu. Ce n'était vraiment pas une description suffisante pour les nuits les plus intimes de ma vie avec qui que ce soit, montant crescendo en qualité. Je bougeai sur mon siège, mal à l'aise.

— Avec qui ? demanda Olivia en haussant un sourcil.

— Finn Connors, dit Zoe.

Olivia sembla perdue et Zoe continua pour faire le lien.

— Ethan connait Finn. Ils jouaient ensemble à l'université, mais il s'est blessé dans un accident de voiture et il a dû arrêter de jouer. Il est flic maintenant, et sa famille est super riche. Et il est fou de Jana.

Mes joues devaient être la chose la plus rouge de la pièce. Je pris une profonde inspiration et soupirai, jetant un regard noir à Zoe avant de prendre une gorgée de martini.

— C'est ce que Zoe pense, dis-je.

— C'est du sérieux ? demanda Daisy.

Daisy était loyale, drôle et je l'adorais. Mais elle était aussi directe et insistante. Malheureusement, si j'étais honnête avec moi-même, elle me faisait penser à moi. À ce moment précis, ce n'était pas une bonne chose.

— Je ne sais pas si c'est sérieux, marmonnai-je enfin, cachant mon agacement envers moi-même en buvant mon cocktail.

— Qu'est-ce que tu ressens ? demanda Daisy sans lâcher le morceau.

Je bougeai sur mon siège à nouveau et ignorai l'anxiété qui montait dans ma poitrine.

— Il me plait, dis-je enfin avant de prendre une autre gorgée de mon verre. Je ne sais pas si c'est une bonne chose.

Harper croisa mon regard, un air chaleureux sur le visage comme si elle voyait que j'étais mal à l'aise.

— Peut-être qu'il te faut un peu plus de temps pour voir ce que tu en penses, dit-elle.

Daisy ouvrit la bouche, mais Harper lui lança un regard. Harper était la seule d'entre nous capable de faire taire Daisy.

Daisy leva les yeux au ciel et tira la langue à Harper.

— D'accord. J'imagine que tu veux que je me taise.

Les épaules d'Harper tremblèrent avec son rire.

— Oui, laisse-lui un peu d'espace. Si elle veut aller plus loin avec Finn, elle le fera quand elle sera prête, dit Harper.

Tous les sentiments que j'essayais d'ignorer s'emparèrent de moi, s'abattant sur les portes de mon cœur.

— Ou peut-être qu'elle veut des conseils, ajouta Olivia.

Olivia était quelque part entre Harper et Daisy, aussi réservée qu'Harper, mais pas aussi intense que Daisy.

— Je ne sais pas si j'ai besoin de conseils. J'ai besoin de savoir ce que je veux, dis-je simplement.

— Qu'est-ce que tu veux alors ? demanda Daisy, voyant cela comme une nouvelle ouverture.

— Elle a dit qu'il fallait qu'elle y réfléchisse, l'interrompit Harper.

Je me mordis la lèvre pour ne pas rire face à Daisy.

— Elle a raison, renchéris-je. Je ne sais pas.

— Eh bien, tu ferais mieux de trouver. C'est un gars bien ? demanda Daisy frontalement.

Zoe hocha la tête vigoureusement.

— Il est super et, en plus, il est ultracanon, et il l'aime bien. Il l'adore.

Le commentaire de Zoe me retourna l'estomac. J'avais un drôle de sentiment dans le cœur. Le problème était que j'aimais bien trop Finn. L'intensité de mes sentiments dépassait tout ce que j'avais vécu avant dans ma vie. Je n'avais jamais dit que j'étais tombée amoureuse de Rick, mieux connu sous le nom de connard de trompeur, mais ça avait été ardent et intense. J'avais mal jugé la situation, et la honte que j'avais ressentie quand j'avais appris la vérité m'avait écrasée.

Je ne savais pas quoi penser de ce qui se passait avec Finn. C'était ardent, c'était intense, et j'avais l'impression qu'il avait réussi à se faufiler à travers les défenses de mon cœur. Alors que je pensais que j'étais parfaitement protégée pour être honnête. Je ne pensais pas qu'il était comme Rick, il n'était pas ce genre de gars, mais je ne voulais pas me faire briser le cœur à nouveau. J'avais ma fierté. Si je me laissais y réfléchir, je savais que Finn comptait bien plus pour moi que n'importe qui d'autre, et ça me faisait presque paniquer.

Je regardai mes amies. Elles avaient toutes trouvé l'amour, malgré leurs difficultés respectives. Je ne pensais pas que l'amour, c'était pour moi. J'avais l'impression que ça demandait trop de sacrifices. Je ne voulais plus jamais me sentir si vulnérable.

Donc je décidai de mentir.

— Peut-être que je lui plais, mais je ne suis pas sûre de ce que je veux pour l'instant. Je ne suis pas sûre qu'il y ait du sérieux à l'horizon pour moi.

Je sentis les yeux de Zoe sur moi et je la regardai. Je voyais qu'elle me comprenait, et ma gorge se serra. Quand je détournai le regard, je croisai celui d'Harper. S'il y avait bien quelqu'un qui comprenait la peur d'être vulnérable, c'était elle.

Je me cachai derrière une attitude légère.

— Oh, Finn est canon. Je le sais, croyez-moi. Je ne dis pas que je ne vais pas profiter de ce qu'il se passe en ce moment, mais je ne me projette pas, dis-je franchement.

Par chance, notre serveur arriva à ce moment-là. Je commandai un autre martini et soupirai de soulagement quand la conversation passa à autre chose.

———

Plus tard ce soir-là, j'entrai dans mon appartement. Smokey leva la tête de sa place sur le canapé quand j'allumai la lumière. Il commença à ronronner immédiatement avant même que je ne traverse la pièce, et il semblait d'humeur amicale. J'accrochai mon manteau à côté de la porte et retirai mes chaussures. Je posai mes clés dans le petit bol sur la table à côté de la porte, et le son résonna dans mon appartement. Je marchai jusqu'à Smokey, pliant un doigt pour le caresser sous le menton. Il ronronna de plus belle en s'étalant sur le canapé.

La plupart des soirs où je dinais avec des amies, je rentrais chez moi et me posais devant la télévision. Mais au lieu de me sentir détendue après une soirée entre amies, j'étais agitée et nerveuse. Sans doute parce que je leur avais menti et avais fait comme si Finn ne comptait pas pour moi. Je ne savais pas pourquoi j'avais menti. J'avais besoin de trouver une façon de mettre fin à mon histoire avec Finn, parce que je n'aimais pas me sentir aussi vulnérable. Vraiment pas.

FINN

Je m'appuyai contre le comptoir de ma cuisine et passai une main dans mes cheveux en attendant que mon café coule. Il était tôt, et nous avions une nouvelle audience au tribunal aujourd'hui. Les avocats de Sutton s'étaient lancés dans des tactiques classiques et avaient demandé une pause de deux jours dans l'audience. Je ne serais pas surpris s'ils redemandaient la même chose aujourd'hui. Une chose amusante dans le système juridique américain, qui se vante d'être juste et que tout le monde est innocent jusqu'à son jugement, c'est que les accusés ont beaucoup d'outils pour ralentir le processus de justice. Les victimes n'en ont pas beaucoup, et doivent souvent attendre des années pour avoir ce qu'elles méritent. Les tactiques de ralentissement fatiguent les victimes, et on en arrive souvent à un point où elles préfèrent laisser tomber plutôt que de se battre. Le droit à un procès rapide est pour l'accusé, pas la victime.

Jana apparut dans mes pensées. Ces temps-ci, elle n'était jamais loin, mais ces derniers jours, je n'avais pas vraiment eu de ses nouvelles. Je recevais peu de messages et je commençais à me demander comment elle allait. Ce n'était pas dans mes habitudes. Même quand je voyais quelqu'un pour le fun, je n'étais pas du genre à envoyer des messages toute la journée. Ça n'avait jamais vraiment été mon truc, mais les messages de Jana étaient légers et drôles. Je n'avais pas réalisé que je les attendais avec impatience jusqu'à ce qu'elle arrête de les envoyer. Ces derniers jours, ça avait été le silence complet.

Ce n'était pas une technique habituelle de sa part, je pris mon téléphone sur le comptoir et lui envoyai un message. Demain, ce serait vendredi, et j'avais envie de la revoir.

On dine ensemble demain ?

La cafetière fit un bip. Je me servis une tasse de café et marchai jusqu'à ma fenêtre pour admirer le brouillard de Seattle. Le Puget Sound était paisible sous son ciel gris. Des nuages créaient un gris acier qui disparaissait complètement dans l'océan. Par-ci par-là, le soleil traversait les nuages, jetant quelques éclats de lumière sur la surface de l'océan.

Plus tard cet après-midi-là, après une matinée folle à gérer les journaux et l'audience, je commençai à m'inquiéter. Jana n'avait pas encore répondu à mon message. Je repris mon téléphone, sans même penser au fait que j'étais à nouveau en train de lui écrire.

?

J'étais parfaitement capable d'être très bref.

Une heure plus tard, après m'être occupé d'un accident de la route mineur, mon téléphone vibra sur mon bureau. Je le fis tourner vers moi pour voir la réponse de Jana.

Je suis occupée ce weekend. Je ne serai pas en ville.

C'était tout. J'avais l'impression que quelque chose n'allait pas. C'était plat, comme si elle annulait un rendez-vous professionnel avec moi. J'avais l'impression qu'elle me cachait quelque chose. Mais nous n'étions rien d'autre que ce que nous étions l'un pour l'autre. Du moins, en apparence. J'avais envie de dire quelque chose, d'insister pour qu'elle m'en dise plus, mais je ne le fis pas. Je n'étais pas capable de dire pourquoi en revanche. Elle me déstabilisait.

———

Je me réveillai le lendemain au son incessant de mon téléphone qui vibrait. Je passai ma main sur mon visage et tendis un bras endormi vers la table de chevet.

— Merde !

Je me redressai et cherchai mon téléphone des yeux. Il était posé de l'autre côté de la pièce sur la commode. Je sortis du lit, attrapai le téléphone et répondis.

— Oui ? demandai-je d'une voix lourde de sommeil.

— Finn ?

Je secouai la tête, confus en entendant la voix de ma petite sœur.

— Sarah ? Qu'est-ce que tu fais à m'appeler à...

Je jetai un œil à l'horloge à côté de mon lit. Les numéros bleus affichaient 6 h.

— Désolée Finn. Je t'appelle parce que... Je vais bien, mais j'ai eu un accident de voiture avec Remy...

Je me réveillai d'un bond.

— Bordel, Sarah ! Ça va...

— Calme-toi, Finn. Je t'ai déjà dit que j'allais bien.

Sarah m'expliqua rapidement. Remy et elle, sa colocataire actuelle, amie d'université, faisaient la route entre Washington et Seattle pour les fêtes. Sarah ne voyait pas le problème dans le fait qu'elle n'avait pas pris la peine de me prévenir ou de prévenir nos parents. Elle était sans l'ombre d'un doute l'électron libre de la famille. Étant donné qu'un accident de voiture avait changé ma vie quelques années plus tôt, il me fallait beaucoup de sang-froid pour ne pas perdre la tête en entendant ça. Sarah m'assura rapidement qu'elle allait bien, mais elle avait une cheville cassée et quelques contusions. L'autre problème était que la voiture en question était morte. Je n'aimais pas réfléchir à ce à quoi l'accident ressemblait, si la voiture était morte, mais je me forçai à ne pas y penser tout de suite. Ces questions pouvaient attendre.

Quelques heures plus tard, j'étais dans un avion pour retrouver Sarah à Bozeman, dans le Montana. Ce n'était qu'à quelques heures d'ici à vol d'oiseau. Je retrouvai Sarah et Remy à l'hôtel où elles étaient. Sarah sortit de la chambre à toute vitesse, jetant ses bras sur moi.

— Tu es là !

Elle sautilla en arrière.

— Doucement avec ta cheville, dis-je en l'aidant à rester droite.

— Oh, ça va. C'est juste un bobo, répondit-elle.

— Comment est-ce que tu as réussi à t'en tirer avec seulement quelques bobos si la voiture est morte ? demandai-je en retour, en la regardant des pieds à la tête.

Sarah avait l'air d'aller bien, hormis son attelle au pied. Ses cheveux noirs étaient remontés en queue-de-cheval, ses yeux bleus brillaient et elle avait l'air aussi détendue que jamais.

Elle me tira jusque dans leur chambre d'hôtel.

Remy Simpson, l'amie de Sarah qu'elle avait rencontrée à l'université à Cambridge, me lança un sourire quand elle me vit. Elle était assise à une petite table ronde dans la chambre. Elle leva les yeux de son ordinateur, écartant ses cheveux blonds de son visage.

— On va bien, Finn. Ma voiture était déjà presque morte. Elle peut rouler, mais l'assurance dit qu'elle ne vaut plus rien et ne veut plus la couvrir, expliqua Remy en me faisant un signe de main. Donc il faut que j'achète une nouvelle voiture.

Je les regardai toutes les deux, alors que Sarah s'asseyait au bord d'un des lits.

— Donc c'est quoi le plan ? demandai-je.

Sarah croisa mon regard.

— Je ne sais pas. Tu veux nous conduire jusqu'à l'arrivée ?

— Jusqu'à Seattle ? répliquai-je.

Sarah acquiesça de façon plutôt enthousiaste.

Je secouai la tête.

— Je n'ai pas le temps de faire la route en voiture, sans parler du fait que c'est presque l'hiver et qu'il y a de la neige au sol. Traverser les montagnes vers Seattle ne va pas être une partie de plaisir.

Sarah soupira. Avec ses joues roses et son visage d'enfant, cette attitude éternellement légère lui allait bien. Dès qu'elle avait terminé sa licence à l'université, elle avait foncé vers les US.

— Je peux vous louer une voiture, si vous voulez.

Sarah balança son pied blessé d'avant en arrière.

— Nan. À vrai dire, ma cheville me fait un peu mal. Je ne peux pas facilement lever la jambe dans une voiture.

Remy rit doucement, ses yeux marron se plissant avec son sourire.

— Non, probablement pas.

— D'accord, je m'occupe des billets d'avion. Vous pouvez dormir chez moi à Seattle en attendant de savoir ce que vous faites. Tu avais prévu de me dire que tu venais me voir ? demandai-je d'un ton amusé.

Sarah se leva et se jeta dans mes bras.

— Oui !

Elle recula sur son pied valide.

— Je t'avais écrit pour te dire que je venais peut-être à Noël.

— C'est vrai, dis-je, amusé.

Sarah considérait sans doute ce genre de message vague comme suffisant pour considérer que quelque chose était organisé. J'avais l'habitude de ça avec elle, donc je haussai les épaules et passai à autre chose. Je me pris une chambre d'hôtel pour la nuit dans le même hôtel, et m'attelai à nous prendre trois billets d'avion. Ce soir-là, je regardai mon téléphone en me demandant s'il fallait que je dise à Jana que je n'étais pas à Seattle. Elle me manquait. Maintenant que je savais que Sarah allait bien, je ne pouvais m'empêcher d'imaginer à quel point il serait agréable d'être avec Jana pour ce voyage inattendu.

Mais je ne lui dis rien. Je me disais que si elle voulait savoir où j'étais, elle ferait l'effort de m'écrire. En passant la soirée avec Sarah et son amie, à diner et boire des coups, j'eus les détails du nouveau plan de Sarah.

— Je vais retourner à Londres, annonça-t-elle.

— Oh ?

Remi sourit.

— Elle est amoureuuuse.

— Ah, vraiment ? demandai-je.

Sarah rougit et elle lança un regard noir à Remy.

— Je ne suis pas amoureuse.

Elle continua en me regardant.

— Tu te souviens de Colin, dit-elle en parlant d'un gars avec qui elle était sortie à la fac.

— Oui. Il était plutôt sympa, répondis-je en essayant de rassembler ce dont je me souvenais à propos de lui.

— Super, dit Sarah en me pointant avec sa paille. Tu ne peux pas être un peu plus enthousiaste ?

— Qu'est-ce que tu veux que je dise ? rétorquai-je, amusé.

Remy s'interposa.

— Ton frère ne va pas se dire qu'il est canon, pas comme toi.

Sarah rougit encore plus. Je me souvenais de Colin. C'était un gars sympa. Il avait été assez gentil pour aider Sarah à déménager d'appartement plusieurs fois sans jamais s'en plaindre.

— J'essaie de me rappeler si j'ai déjà rencontré quelqu'un d'autre avec qui tu es sortie, mais je ne crois pas. Tu l'as ramené à la maison pour le présenter à maman et papa. C'est un bon signe, fis-je remarquer.

Sarah leva les yeux au ciel.

— Bref. Il est temps que je rentre dans tous les cas. C'était vraiment fun d'être ici, mais j'ai besoin d'un boulot plus stable.

Sarah avait beaucoup voyagé, sauté de petit boulot en petit boulot, dans des restaurants partout dans le pays.

— Tu vas bosser pour papa ?

Sarah était un génie des maths, et ses talents avec les chiffres amenaient notre père à lui demander régulièrement de venir travailler pour lui.

Elle pencha la tête sur le côté et haussa les épaules.

— Je devrais sans doute. C'est mon genre de truc.

Remy gloussa.

— Tu devrais vraiment. Tu adores bosser avec des chiffres. Et ce n'est pas le cas de beaucoup de gens.

La conversation suivit son cours alors qu'on se

donnait des nouvelles. À un moment, Sarah me demanda :

— Donc, qu'est-ce que tu fais ? Pourquoi tu ne rentres pas en Angleterre pour bosser pour papa, toi ? Tu sais que tu pourrais.

— Je sais. Mais contrairement à toi, c'est pas vraiment ce que j'ai envie de faire.

Elle soutint mon regard un long moment.

— Eh bien, qu'est-ce que tu veux faire ? Tu as de l'argent à investir. Tu n'as pas besoin de bosser comme un fou dans la police.

Sarah avait raison. De temps en temps, je réfléchissais à comment j'en étais arrivé à mon poste actuel. Après le choc de mon accident de voiture, quand mes rêves de football professionnel avaient disparu, puis la fin de mes fiançailles, j'avais eu besoin de quelque chose qui comptait pour moi. Donc j'étais devenu policier. C'était un travail important pour moi, et ça m'avait permis de traverser des années déprimantes de ma vie, de faire le deuil d'un de mes rêves. Ça avait été sans doute une transition plus facile que pour d'autres étant donné que je savais que je pouvais partir à tout moment. Honnêtement, j'aurais pu arrêter plus tôt et aller travailler pour la compagnie d'investissement bancaire de mon père, mais ça ne m'intéressait pas du tout.

L'affaire Sutton m'avait fait réfléchir. Si je me lançais vraiment dans mes investissements et que je gagnais de l'argent à investir dans des projets, je pourrais vraiment aider des gens. L'une de mes idées était de me lancer dans un projet pour changer le processus de justice pour les victimes de violences conjugales.

Alors que le diner progressait, Sarah me regarda avec un soupir. Elle était un peu pompette à ce stade.

— Est-ce que tu as une copine ?

Jana traversa mes pensées, mais je ne savais pas quoi dire à propos d'elle. Mon hésitation dura juste assez longtemps pour que Sarah comprenne.

— Il se passe un truc.

Je secouai légèrement la tête.

— Nan. Je suis sorti deux ou trois fois avec quelqu'un récemment, mais c'est tout.

— Comment est-ce qu'elle s'appelle ? demanda Sarah, aucunement ralentie par ma réponse vague.

— Jana, dis-je rapidement.

— C'est du sérieux ?

Bordel. J'oubliais parfois à quel point Sarah était insistante.

— Je ne pense pas, non.

— Alors il est temps que tu passes à autre chose, déclara-t-elle. N'est-ce pas Remy ?

Remy avait assez de bon sens pour ne pas s'en mêler et haussa simplement les épaules, avant de regarder son téléphone.

— Que je passe à autre chose de quoi ? demandai-je.

— De Kristen.

— Sarah, je ne pense plus à Kristen. Pas depuis des années. D'ailleurs, en parlant de Kristen, elle m'a dit qu'elle t'avait parlé. Elle était énervée que je ne lui aie pas parlé de l'héritage. Tu veux bien me prévenir la prochaine fois que tu décides de raconter des trucs à mon ex ? demandai-je avant de prendre une gorgée de ma bière.

Sarah leva les yeux au ciel.

— C'est elle qui m'a appelée ! J'essayais juste de l'emmerder. Et j'imagine que ça a marché, hein ?

Je levai les yeux au ciel, et elle continua :

— Mais bref, tu n'as pas eu de copine depuis des années.

— Bon sang, Sarah. Je sors de temps en temps.

Elle pencha la tête sur le côté et me lança un regard noir.

— Non, c'est pas vrai.

— Sarah, je n'ai pas fait vœu de célibat si c'est ce qui t'inquiète.

— Roh ! Je ne veux pas entendre parler de ta vie sexuelle, dit-elle rapidement.

— Alors, arrête de poser autant de questions.

— Jana est la première femme dont tu me donnes le nom. Parle-moi d'elle, demanda-t-elle.

Remy explosa de rire, nous interrompant enfin.

— Tu es surement la sœur la plus chiante de tous les temps !

Sarah la poussa un peu.

— C'est pas vrai !

Je ris doucement.

— Remy n'a pas tort. Bref, j'ai vu Jana plusieurs fois et je l'aime bien, mais il n'y a pas grand-chose d'autre à dire.

Mon cœur se serra. Dire que je l'aimais bien ne faisait pas justice à ce que je ressentais pour Jana, et je le savais bien. Mais je n'aimais pas y penser, pas maintenant qu'elle essayait de créer cette distance entre nous. Une autre voix en moi essaya de me rappeler que Jana avait sa propre histoire compliquée et que faire confiance à quelqu'un n'était pas facile pour elle. Je sentais qu'elle avait pris peur. Mais je ne savais pas quoi y faire.

FINN

Je me réveillai le lendemain matin à la vibration de mon téléphone sur la table de chevet. Je cherchai mon téléphone et vis le nom de Becca apparaitre sur mon écran. Je répondis rapidement, me redressant contre la tête de lit.

— Becca, quoi de neuf ?

— Je te réveille ? demanda-t-elle.

— Au cas où tu n'aurais pas suivi, c'est samedi, fis-je remarquer avec un ton sarcastique.

— C'est vrai, répondit-elle sans une pointe de rire. Je me suis dit que tu voudrais savoir que Ray Sutton fait des entorses à sa mesure d'éloignement. On l'a vu aller rendre visite à un ami dans la même résidence où se trouvent Lynne Sutton et sa famille.

Je me frottai les yeux pour me réveiller.

— Je suis surpris, je pensais qu'il voudrait rester discret jusqu'à l'élection qui arrive à grands pas, répondis-je, glissant sur les oreillers. Je suppose qu'on ne peut rien y faire.

— J'ai prévu d'en parler à notre prochaine audience. Je me suis dit que tu voudrais le savoir pour t'assurer que ton équipe est à jour s'il va trop loin. Tu as une unité qui patrouille dans cette zone ? demanda Becca.

— Bien sûr. Pas seulement la mienne, mais toutes les unités postées dans le coin savent qu'elles doivent faire le tour de la résidence. Je vais voir avec Eli et je vais m'assurer qu'il en parle aux gardes du weekend. Je ne suis pas en service ce weekend.

— Depuis quand ça t'empêche de travailler ? demanda Becca avec un rire.

J'écartai la couverture et sortis les jambes du lit en regardant l'horloge digitale à côté du lit. Il était 7 h.

— Je suis dans le Montana, donc je ne travaille vraiment pas, ce coup-là.

— Qu'est-ce que tu fais dans le Montana ? demanda Becca.

Je lui expliquai rapidement la situation de Sarah.

— Je serai de retour à Seattle ce soir.

— Oh, et autre chose, ajouta Becca. J'ai croisé Zoe Walsh hier, et elle m'a dit que Ray est venu la voir pour essayer de la convaincre de prendre son dossier encore une fois. Heureusement, elle a dit non.

— Pourquoi est-ce qu'il cherche un avocat ? Il a déjà une équipe.

— Parce que Zoe est l'une des meilleures, et il la veut, dit Becca platement.

Je n'aimais pas savoir que Ray était dans le même bâtiment que Jana, même si ce n'était pas rationnel.

— Tu veux bien me rendre un service ?

— Bien sûr, répondit Becca rapidement.

— Demande à Aidan et ses gars de garder un œil sur le bâtiment de Zoe, dis-je.

Aidan gérait l'une des meilleures compagnies de sécurité de Seattle. S'il y avait bien quelqu'un qui pouvait s'assurer que Ray ne tente rien, ce serait Aidan et son équipe.

— Je suis sûre que ce ne sera pas un problème, mais...

Elle se tut et rit doucement.

— Tu t'inquiètes pour Jana, c'est ça ?

Je me levai du lit et marchai jusqu'à la fenêtre de ma chambre, écartant les rideaux pour découvrir qu'il avait neigé cette nuit. Les montagnes qui entouraient Bozeman étaient couvertes de blanc.

— C'est rien d'énorme. Je pense juste que ça vaut le coup de garder un œil sur Ray, où qu'il aille.

— Tu crois qu'il serait prêt à faire quelque chose qui attirerait autant l'attention sur lui ?

— Je ne sais pas ce qu'il peut faire, mais un homme désespéré fait des choses désespérées.

Une fois que Becca eut raccroché, je regardai mon téléphone. Avant de me laisser trop réfléchir, j'appelai Jana.

Elle répondit à la première sonnerie. Dès qu'elle parla, je réalisai qu'il était toujours 7 h du matin, et que je n'avais pas de bonne raison de l'appeler si ce n'est que je pensais à elle.

— Allô ? répéta-t-elle quand je ne répondis pas immédiatement.

— Jana, c'est Finn, dis-je.

— Finn ? demanda-t-elle, d'une voix encore endormie.

— Je t'ai réveillée, dis-je bêtement.

Il y eut une longue pause, puis j'entendis du mouvement. Je l'imaginais au chaud et endormie, et j'avais envie d'être là avec elle.

— Oui, mais c'est pas grave. Mon réveil a sonné il n'y a pas longtemps. Pourquoi tu m'appelles ?

Je ne pouvais pas prétendre que j'avais les idées claires.

— Oh, Becca McNamara vient de m'appeler pour me mettre au courant de deux ou trois choses, et elle m'a dit que Ray Sutton essayait de convaincre Zoe de prendre son dossier. Vu qu'il vient vous embêter, j'ai demandé à Becca que la compagnie d'Aidan jette un œil au bâtiment de temps en temps.

— Oh. Mon. Dieu. C'est ridicule, s'énerva Jana.

Ça l'était peut-être, mais peut-être pas. Mais à l'instant, j'étais fatigué, et Jana me manquait. Je n'étais vraiment pas dans un état rationnel. Je me fichais bien qu'elle s'énerve.

— Écoute, j'ai décidé de faire comme ça. C'est juste une précaution. Je m'en occuperai moi-même quand je serai de retour...

— Où es-tu ? demanda-t-elle en me coupant la parole.

Pour la première fois, j'entendis une pointe d'inquiétude dans sa voix. Je lui expliquai rapidement, en ajoutant à la fin :

— Pour faire court, je suis venu chercher ma sœur et son amie. On prend l'avion pour Seattle cet après-midi. Je serai là ce soir.

— Oh, dit Jana, d'un ton qui passa d'inquiet à contrôlé.

— Je croyais que tu n'étais pas en ville de toute façon, commentai-je.

Elle resta silencieuse un instant.

— Changement de plan, dit-elle enfin.

—Je peux passer te voir ce soir ?

Elle se tut à nouveau. Son soupir interrompit le silence.

—Je ne sais pas si c'est une bonne idée, Finn. Je ne

sais pas trop ce qu'on fait. Peut-être qu'il vaut mieux qu'on arrête.

Je ne savais pas ce qu'on faisait non plus, mais dans ce moment où elle me manquait, je savais qu'elle était plus qu'une aventure. Mais je ne savais pas comment parler de ça au téléphone, à des milliers de kilomètres l'un de l'autre. Donc je pris une grande inspiration et je retins mes mots.

— Je t'appellerai quand j'atterrirai. S'il se passe quelque chose, préviens-moi s'il te plait.

— Oui, dit-elle doucement.

J'avais envie de dire beaucoup plus, mais je ne dis rien.

Chapitre Vingt-Cinq

JANA

Même si c'était samedi, j'allai au bureau dans l'après-midi, car il y avait toujours quelque chose à faire. Je ne savais plus où me mettre depuis que j'avais parlé à Finn, ce matin. J'avais l'impression de me trainer à travers la journée, tellement perdue à l'intérieur que j'en avais la tête qui tournait. Il fallait que je prenne mes distances. Je ne me faisais pas assez confiance pour gérer la vulnérabilité que je ressentais avec lui. Je ne savais pas dire pourquoi, mais je n'arrivais pas à croire que je pouvais vivre ce genre d'histoire. Ça m'agaçait que Finn ait demandé à la compagnie de sécurité d'Aidan de surveiller notre bâtiment. Il n'y avait vraiment rien d'inquiétant. Mais ça me faisait plaisir de savoir qu'il s'inquiétait pour moi. Ce sentiment était comme une caresse chaude sur mon cœur. Et même si je ne voulais pas la savourer, je ne pouvais pas m'en empêcher.

J'entrai dans le bureau silencieux, fermant la porte à clé derrière moi et m'installant à mon bureau pour m'occuper de quelques documents pour les tribunaux. Quelques heures plus tard, je sursautai comme une folle quand quelqu'un essaya d'ouvrir la porte. Puis j'entendis le bruit d'une clé dans la serrure et sus que c'était sans doute Zoe. Elle entra, ferma la porte derrière elle et écarquilla les yeux quand elle me vit à mon bureau.

— Qu'est-ce que tu fais là ? demanda-t-elle.

— Je travaille, répondis-je en haussant les épaules, tentant de faire comme si de rien n'était. Qu'est-ce que tu fais là, toi ?

— Pareil. Je suis venue chercher mon ordinateur.

Elle me regarda un moment d'un air hésitant.

— Ça va ?

— Ouais. Ça va. Et toi ?

— Ouaip. Ça va. Tu fais un truc avec Finn ce weekend ? demanda-t-elle.

Je secouai la tête rapidement.

— Nan. On n'est pas ensemble, expliquai-je d'un ton plus défensif que ce que j'aurais voulu.

Zoe s'écarta de la porte et s'installa sur la chaise devant mon bureau.

— Tu fais le truc que tu fais où t'essaies de le repousser le plus loin possible ? demanda-t-elle frontalement.

— De quoi tu parles ? demandai-je.

Elle écarta ses cheveux de son visage, les rangeant derrière ses oreilles. Elle avait des cheveux magnifiques, un auburn intense avec des traces dorées. Je me sentais bête en comparaison avec mes cheveux marron et mes mèches violettes.

— Je t'ai déjà vue faire ce genre de chose, dit-elle directement.

— Quel genre de chose ? rétorquai-je, en essayant de retenir l'élan défensif en moi.

— Écoute, je sais que cette histoire avec Rick était compliquée. C'était gênant, et je sais que tu as eu très honte de ce qu'il s'est passé. Je comprends. Mais...

Elle fit une pause, l'air tiraillée. Mon estomac se serra, mais j'attendis.

— Je comprends pourquoi tu es sortie avec Rick, dit-elle enfin.

Mon cœur se pinça dans ma poitrine. Je lui lançai un regard de douleur, retenant les larmes qui me montaient aux yeux.

— Qu'est-ce que tu veux dire ?

— Écoute, dit-elle doucement. On est amies depuis la fac. Je ne suis pas psy, mais s'il fallait que je prenne un pari, je dirais que vu la façon dont les choses se sont passées avec ton père...

Je la coupai.

— Il ne s'est rien passé avec mon père. Il n'a jamais été là, dis-je d'un ton sombre.

Sans perdre son élan, Zoe continua.

— Exactement. Il vous a laissées, ta mère et toi, juste après ta naissance. Tu es une femme ultra-indépendante. C'est comme ça que je te vois. Toujours à te suffire à toi-même, prête à défier le monde. Je trouve ça génial pour toi. Je le respecte, et je comprends. Si c'est ce que tu veux dans la vie, alors fais. Mais ce que je veux dire, c'est qu'avant Rick, quand tu sortais avec des gars à la fac ou autre...

Elle se tut un instant et me lança un regard prudent.

J'écoutais attentivement même si mon cœur me faisait mal, et j'avais l'impression que Zoe déchirait de vieilles cicatrices.

— Eh bien, tu t'éloignais toujours au moment où ça commençait à devenir sérieux avec quelqu'un. Tu ne te laissais jamais une chance de faire quoi que ce soit d'autre que des aventures sans lendemain. Je ne dis pas que tu aurais dû te trouver quelqu'un de sérieux. Bon sang, moi j'étais vierge à la fac, donc ce n'est pas ça. J'essaie juste de dire que j'ai l'impression que tu fais ce que tu as toujours fait.

Ma poitrine se serra et j'avais l'impression d'avoir la gorge bloquée. Je déglutis, retenant mes larmes.

— Mmh mmh, réussis-je à répondre. Qu'est-ce que ça a à voir avec le fait que je n'ai pas compris ce qu'il se passait avec Rick ?

Je détestais à quel point il me faisait me sentir bête. Je n'arrivais pas à démêler la honte que je ressentais parce que ça s'était transformé en humiliation publique, ou parce que je détestais avoir fait du mal à quelqu'un d'autre, même sans le vouloir.

Zoe se mordit la lèvre inférieure et soupira.

— Toute cette idée d'une aventure avec le patron, c'est un fantasme pour plein de gens. C'est excitant et interdit. Et quoi que je pense de Rick, il est beau.

Je levai les yeux au ciel, et elle rit doucement.

— Bref, comme c'est du domaine de l'interdit, c'est couru d'avance que ça ne peut pas vraiment devenir sérieux. Ce n'est pas comme si tu étais amoureuse de Rick. La façon dont ça s'est terminé n'a fait que renforcer ce que tu pensais déjà : que tu ne devrais pas compter sur qui que ce soit, dit-elle doucement.

Zoe disait des choses qui me paraissaient si vraies que la douleur était réelle. Je n'avais pas réalisé que des larmes coulaient sur mes joues jusqu'à ce qu'elle se penche en avant pour me tendre un mouchoir. Les larmes continuèrent et j'attrapai un mouchoir pour m'essuyer les yeux.

— Je ne sais pas pourquoi je pleure. Je suis désolée.

— Bon Dieu, ne t'excuse pas de pleurer. Tu es ma meilleure amie, et tu n'hésites jamais à me dire la vérité quand j'ai besoin de l'entendre. Quand je me suis plongée dans le boulot et que j'étais trop coincée au sujet d'Ethan, tu m'as poussée à arrêter de me mettre des bâtons dans les roues, et à lui laisser une chance. Il est la meilleure décision que j'ai jamais prise, à part t'avoir choisie comme meilleure amie, dit-elle férocement, ses yeux également pleins de larmes. Je ne dis pas qu'il faut que tu te trouves quelqu'un, je veux juste que tu te laisses réellement le choix, au lieu de laisser ta peur gagner. Finn a l'air d'être un gars super. Et je crois qu'il tient vraiment à toi, et c'est évident que tu tiens à lui.

Une autre larme coula sur ma joue. Je l'essuyai avec mon mouchoir en boule.

— Je ne sais pas ce que je veux, et je ne sais pas ce qu'il veut, marmonnai-je.

— Je sais que ce n'est pas facile. Il n'y a pas de garanties dans la vie, mais allez, Jana. Qu'est-ce que tu dirais si nos situations étaient inversées ?

Je pensai à Finn, et à la façon dont il me regardait quand nous étions nus dans mon lit. Je pensai à son humour et à son élégance. Je pensai à notre appel de ce matin. Je savais avec certitude que si un homme comme lui s'intéressait à ma meilleure amie – en oubliant le détail qu'elle était déjà folle amoureuse d'Ethan – je lui dirais de lui laisser une chance.

Je croisai enfin son regard et soupirai.

— Je vais essayer d'y réfléchir.

— Tu vas essayer d'y réfléchir ? demanda-t-elle avec un petit rire.

— Oui. Je vais essayer. C'est difficile de se défaire de vieilles habitudes. Tu as peut-être raison, peut-être que je ne crois pas vraiment que je puisse compter sur qui que ce soit après ce qu'il s'est passé dans ma vie. C'est juste... Il faut que je trouve mes réponses à mon rythme.

— D'accord, dit-elle doucement. Je te laisse essayer de commencer à y réfléchir alors, dit-elle avec un sourire amusé.

On rit ensemble, et je regardai l'horloge au-dessus de la porte.

— Il est presque 17 h, qu'est-ce que tu fais ce soir ?

— Et si on allait boire un verre avant que je ne rentre travailler à la maison ?

Je me mouchai et la regardai.

— Tu n'as rien de prévu avec Ethan ?

— Il aide Liam avec les travaux de la salle de bain. Il rentre tard.

Peu de temps après, nous étions installées à une table dans un coin de Harry's, un bar assez classique où nous étions au calme et pouvions regarder les gens. On commanda quelques entrées à partager et partagea quelques bières. Après notre grosse conversation au bureau, on se cantonna à des sujets légers, comme la saison des Seattle Stars. Zoe était le meilleur genre d'amie. Elle était capable de me dire la vérité en face, et je faisais pareil avec elle, mais après ça, elle me laissait tranquille.

Elle gémit avec moi quand je lui racontai quelles classes il me restait à valider pour terminer mon diplôme.

— Le dernier semestre est tellement nul, dit-elle sèchement.

— Je sais. J'avais complètement oublié parce que ma mère était malade. J'étais dépassée, mais je n'arrive pas à m'empêcher de me demander si j'aurais réussi à valider si les sujets n'avaient pas été aussi lourds.

— Je ne sais pas. Même sans gérer tout ce que tu gérais, je suis passée à deux doigts.

— Tu as eu mention très bien, dis-je en levant les yeux au ciel.

Elle leva les yeux au ciel à son tour.

— Oui, mais ça m'a demandé beaucoup de boulot. N'oublie pas que toi aussi tu avais une moyenne de 16. Fais pas comme si j'étais une licorne. Tu as toujours été l'une des personnes les plus intelligentes dans tous nos cours.

Je haussai les épaules. J'avais toujours été bonne à l'école. J'avais détesté devoir faire une pause, mais maintenant que je m'étais enfin réinscrite, avec les encouragements de Zoe, j'étais soulagée. Quoi que je fasse, je voulais terminer mon école d'avocats. La conversation continua, atterrissant sur les inquiétudes de Zoe sur le fait d'avoir des enfants.

— Je ne sais juste pas quand est le meilleur moment. J'essaie d'imaginer ma vie de maintenant et d'ajouter un bébé, dit-elle avec de grands yeux avant de prendre une longue gorgée de sa bière.

Je ris.

— Je comprends. Un être humain tout entier, dont tu es complètement responsable.

— Exactement, c'est ça qui me fait flipper.

— D'accord, je comprends l'inquiétude, mais tu es ta propre patronne. Je ne dis pas que ce serait facile. Mais tu pourrais créer ton propre emploi du temps. Il y a beaucoup de choses à prévoir. Je n'ai jamais été le genre de personne qui savait dès le début qu'elle voulait des enfants.

Zoe acquiesça.

— Moi non plus, mais je suis presque sûre maintenant.

Mon cœur se serra un peu. Quand j'étais plus jeune, je pense que j'aurais dit que j'étais prête à avoir des enfants, mais je n'avais jamais pensé que c'était quelque chose qui arriverait dans ma vie. J'écartai ces pensées.

— Et Ethan ?

— Oh, il est super. Il fait des blagues parce qu'il fait des blagues sur tout, mais il dit qu'il est prêt à attendre jusqu'à ce que je sois prête, et que si je ne suis jamais prête, ça lui va aussi. Je crois que ça le rendrait triste, mais que ça irait.

Je lui lançai un sourire.

— C'est un gars bien. Je suis contente de t'avoir forcée à sortir avec lui.

Zoe rougit.

— Oh, j'étais foutue depuis le début, mais sans toi, j'aurais peut-être pris la fuite.

Son commentaire me frappa en plein cœur, exactement au même endroit que ce qu'elle avait essayé de me dire plus tôt. J'écartai ces pensées. J'avais besoin d'un peu de repos de mes grosses émotions.

Une nouvelle barquette de frites arriva. L'interruption nous fit perdre le fil de la conversation. Alors que je mangeais une frite, Zoe commenta :

— 2 h.

— Quoi ? demandai-je, confuse.

— À 2 h. L'ex de Finn est à la table à 2 h.

— Oh !

Je me trouvai sur le point de regarder sans même prendre la peine d'être discrète.

— Ne regarde pas directement ! dit-elle en gloussant.

— Ah oui.

Je jetai un coup d'œil prudent dans cette direction. C'était une table avec deux femmes et un homme.

— Laquelle ?

— La blonde.

— T'es sûre ?

Zoe acquiesça fermement. J'étudiai cette femme. Elle était fine avec de longs cheveux blonds et des traits classiques. Elle se leva et marcha vers le bar pour commander quelque chose. Elle portait un pantalon noir, un chemisier blanc et des talons bas. Parfaitement ennuyeuse, si vous vouliez mon avis. Je regardai Zoe.

— Un peu fade, non ? commentai-je.

Au moment où je le dis, je me sentis coupable. Je n'aimais pas le fait que Finn faisait ressortir en moi une jalousie irrationnelle, et je ne voulais pas être le genre de femme qui tapait sur d'autres femmes.

Zoe ricana.

— Sois gentille.

— Je sais. Je n'aurais pas dû dire ça. C'était parce que je me sentais inférieure, dis-je tristement. Elle est magnifique et classe. Et pas moi.

— Oh, chut. Tu es un canon, dit Zoe franchement. Dès que je vais quelque part avec toi, les hommes s'étalent à tes pieds. Tu as un corps de rêve et de super cheveux. Elle est peut-être belle à sa façon, mais crois-moi, toi tu sors du lot.

Je haussai les épaules. Je n'avais jamais vraiment su accepter les compliments.

— Si c'est le genre de femme que Finn voulait épouser, alors je ne suis vraiment pas faite pour lui.

Zoe soupira lourdement.

— C'est vraiment comme ça que tu veux le prendre ? Je n'arrive pas à croire que je t'ai dit qui c'était, alors.

— Pourquoi tu me l'as dit ? demandai-je, soudainement inquiète de qui j'étais et de quoi j'avais l'air, simplement parce que j'avais vu l'ex de Finn.

— Je l'ai simplement remarquée et j'étais curieuse. C'est tout. Mais je pense que ça a prouvé un truc.

— Quoi ?

— Tu es jalouse, rétorqua-t-elle avec un éclat dans les yeux.

Ce que je ne dis pas à voix haute était qu'il y avait maintenant trois choses qui me dérangeaient. J'avais du mal à croire que j'avais une vraie chance avec Finn. La profondeur de mes sentiments pour lui me faisait peur. Et maintenant, je voyais la femme qu'il avait demandée en mariage, et elle était l'opposé de moi : parfaite, blonde et propre sur elle. Elle n'était sans doute pas du genre à avoir une relation secrète avec son patron sans savoir qu'il était marié. J'étais la seule capable de ce genre de chose. En plus de ça, je n'arrivais pas à croire que j'étais jalouse. Ou ce que ça signifiait.

Chapitre Vingt-Six

FINN

Quelques jours après que je fus rentré avec Sarah et Remy, j'étais installé au comptoir de la cuisine en train de regarder Sarah faire des omelettes pour nous. Les avoir chez moi était un rappel cruel du fait que j'étais très seul dans ma vie. Je n'y pensais pas souvent. Je me plongeais dans mon travail et vivais au jour le jour, me demandant rarement si je voulais changer quelque chose. À part un appel bref avec Jana, je ne lui avais pas parlé depuis mon retour. Elle essayait de mettre de la distance et m'ignorait un peu, pour le dire gentiment. Ça ne changeait rien au fait qu'elle me manquait.

J'attrapai ma tasse de café et me dirigeai vers la fenêtre pour passer un coup de fil alors que Remy et Sarah papotaient. Eli répondit à la première sonnerie.

— Quoi de neuf ?

— Je voulais juste vérifier notre rota de patrouille pour la semaine prochaine. Du nouveau ?

— Pas depuis que je t'ai parlé il y a deux jours, répondit Eli avec un rire. Ça va ? Tu as l'air, je sais pas, pas super.

— Oh, je vais bien. Vu que ma sœur est chez moi, je dois m'organiser sur deux ou trois trucs. C'est tout.

En surface, ma raison était parfaitement honnête. D'ailleurs, j'avais réarrangé la plupart de mon emploi du temps pour les deux semaines à venir pour avoir plus de temps avec Sarah pendant les fêtes. Mais j'appelais Eli sans raison à propos de quelque chose qui pouvait vraiment attendre.

— Et si tu l'appelais ? dit Eli soudainement.

Je lui avais parlé un petit peu de Jana l'autre jour pendant une pause-café, et du fait qu'elle m'avait complètement coupé de sa vie. Le fait que je ressente le besoin d'en parler à qui que ce soit en disait long sur l'impact qu'avait Jana sur moi.

J'aurais voulu pouvoir rire à sa question, mais je détestais le fait que Jana refusait presque de me parler.

— J'attends le bon moment.

Je ne dis rien d'autre.

On se dit au revoir et mit fin à notre appel. Je regardai mon téléphone, hésitant à appeler Jana. Je ressentais le besoin de lui donner un peu d'espace. Après tout, elle m'avait clairement dit qu'il fallait qu'on arrête. Mais elle me manquait. Et étant donné que Sarah et Remy étaient là pour une durée indéterminée, et que je les prenais en compte dans tous mes plans, c'était sans doute une bonne chose.

Le lendemain, j'étais au commissariat pour quelques rendez-vous et pour m'occuper de paperasse. Ce n'était rien de plus que du bruit de fond pour moi, mais les appels à propos du dossier de Ray Sutton ne cessaient de se multiplier. Entre les journalistes et les avocats de Sutton, il y avait quelque chose de nouveau tous les jours. Ses avocats faisaient pression à Becca pour qu'elle se contente de chefs d'accusation moindres, mais elle ne lâchait rien. J'étais vraiment content que Becca soit sur ce dossier, parce qu'elle ne lâchait rien sans se battre.

Plus tard dans l'après-midi, je parlai avec Eli alors qu'il passait devant mon bureau. Après une conversation plutôt normale, il demanda :

— Donc, quand est-ce que tu revois Jana ?

Je bougeai les épaules et soupirai, en faisant tourner ma tasse de café vide sur mon bureau avant de me lever pour aller la remplir, histoire de me donner quelque chose à faire.

— On se voit pas en ce moment.

Je n'ajoutai pas que je lui avais laissé deux messages ces derniers jours, et qu'elle ne m'avait pas rappelé.

Eli se leva quand son téléphone sonna.

— Il faut que je réponde, mais j'ai l'impression que tu devrais l'appeler, dit-il avec un rire.

Les remarques d'Eli étaient légères et dites l'air de rien, mais il ne pouvait pas imaginer à quel point elles m'énervaient. Jana me manquait tellement que j'en avais mal partout. Et essayer de l'appeler ne changeait rien, visiblement.

———

Quelques jours de plus s'écoulèrent sans rien de hors du commun, puis je reçus un message cryptique de Zoe Walsh. Je n'avais aucun dossier en commun avec elle en ce moment, donc elle n'avait aucune raison de m'appeler. Je la rappelai immédiatement.

— Salut Zoe. Tu m'as appelé ?

— Finn ! Bonjour. Oui, je t'ai appelé, dit-elle avant de faire une pause.

— Je crois que tu n'es sur aucun de mes dossiers en ce moment. Ça a changé ?

Zoe soupira lentement.

— Ça va peut-être te paraitre bizarre, mais je t'appelle à propos de Jana.

— Tout va bien ? demandai-je rapidement alors que la peur me traversait.

— Elle va bien. Elle est... elle est vraiment de mauvaise humeur, dit enfin Zoe.

Confus, je restai silencieux un moment avant de parler.

— Euh, OK. Qu'est-ce que tu veux que j'y fasse ? Elle ne me parle plus. La dernière fois qu'on s'est parlé, elle m'a dit qu'elle pensait que c'était mieux si on arrêtait de se voir.

— Si j'en dis trop, Jana va m'en vouloir et c'est ma meilleure amie, expliqua Zoe.

— Je respecte ça. Mais quelques indices aideraient, dis-je.

— D'accord, écoute. Je ne te connais pas très bien, mais Ethan dit que tu es un gars bien, et c'est l'impression que tu me donnes aussi. Je ne mets pas mon nez dans les affaires des autres comme ça d'habitude, mais il faut que je te pose une question. À quel point tu tiens à Jana ?

Bordel. Je n'arrivais pas à croire qu'elle me demandait ça. Jana me manquait terriblement. Bon sang, j'avais demandé à Kristen de m'épouser alors que mes sentiments pour elle étaient clairement moins puissants que ce que je ressentais pour Jana. Je l'adorais — sa personnalité brute, excentrique, son espièglerie, ses cheveux fous, son corps de rêve et son grand cœur.

— Beaucoup, dis-je enfin.

Zoe resta silencieuse assez longtemps pour que je commence à me sentir bête. Elle parla enfin.

— Elle tient beaucoup à toi aussi. Elle est insupportable à ce sujet. Ce n'est pas à moi de me lancer dans les détails, mais tu vas sans doute avoir besoin de faire beaucoup d'efforts pour lui prouver tout ça.

— Beaucoup d'efforts ? Comment ça ?

— Elle ne sait pas à quel point elle est géniale. Elle en vaut vraiment la peine, Finn. C'est l'une des meilleures humaines que je connaisse, dit Zoe si honnêtement que mon cœur se serra.

Ma gorge se referma et mon cœur tambourina contre mes côtes.

— Je sais, dis-je doucement.

Et je le savais. Je n'avais jamais rencontré quelqu'un comme elle. La façon dont elle avait fait tomber toutes les défenses de mon cœur et s'en était emparée me choquait presque. Peut-être que c'était ce qui me laissait dans tous mes états depuis qu'elle m'avait dit qu'elle voulait arrêter.

Il y eut un long silence. Je réalisai que Zoe n'allait pas m'en dire plus, et je ne savais pas quoi dire d'autre. Dans le but de rendre le moment un peu plus léger, je demandai :

— Elle s'énerve pas trop sur l'équipe de sécurité d'Aidan ?

Zoe rit.

— Elle s'en plaignait encore l'autre jour, mais ça va. Ils ne viennent qu'une fois par jour.

— Content de savoir qu'elle s'en plaint. Ça m'inquièterait si elle ne disait rien, dis-je avec un petit rire.

— C'est vrai, répondit Zoe.

Après avoir raccroché, j'essayais de comprendre ce qu'elle voulait dire. Je ne pouvais pas nier l'intensité de mes sentiments pour Jana. Le mot « amour » me vint doucement à l'esprit.

Chapitre Vingt-Sept

JANA

Une semaine de plus s'écoula, et j'étais vraiment de mauvaise humeur. Finn me manquait, et je ne savais vraiment pas quoi faire de ce sentiment. Et le fait que Noël approchait à grands pas ne fit qu'empirer les choses. Les jolies lumières des fêtes me faisaient penser à ma mère, et j'avais envie de passer Noël avec quelqu'un. D'habitude, ce n'était pas un problème. Je faisais Noël avec des amis et j'allais voir Sal et June. Mais maintenant, je ne pensais à personne d'autre que Finn. Je ne cessais de rejouer ma conversation avec Zoe dans ma tête, et réfléchissais à ce qu'elle disait. Sur le fait que c'était dans mes habitudes de ne laisser personne s'approcher trop près. Je me sentais bête parce que j'étais l'équivalent humain d'un chien qui chassait sa queue, à faire des cercles dans ma tête sans arriver où que ce soit.

J'écoutais les messages du bureau un après-midi pendant que Zoe était au tribunal, en me demandant s'il fallait que je lui demande des conseils. Je fus surprise quand Lynne Sutton passa la porte d'entrée.

Elle la ferma doucement derrière elle et s'approcha de mon bureau.

— Comment puis-je vous aider ? demandai-je.

— J'avais un message de mon avocat, me demandant de le retrouver ici, expliqua-t-elle enfin, rangeant ses cheveux blonds derrière ses oreilles.

Elle avait l'air stressée, et un sentiment d'anxiété soudain s'empara de moi, parce que je n'étais en aucun cas au courant de ce rendez-vous.

Je gérais notre calendrier. Et ça n'avait aucun sens que l'avocat de Lynne lui demande de venir chez une autre avocate. J'espérais que j'avais tort, mais mon instinct était clair. Quelque chose ne tournait pas rond.

— Laissez-moi vérifier pour vous, dis-je avec un sourire forcé.

J'appelai Zoe rapidement.

— Salut, tu avais un rendez-vous cet après-midi ? demandai-je directement.

— Hein ? demanda Zoe, l'air confuse. Tu sais que j'ai une audience dans une heure.

Je savais bien ça.

— C'est ce qu'il me semblait. J'ai Lynne Sutton ici, qui me dit qu'elle a rendez-vous avec son avocat.

— Il se passe un truc pas net. On n'a pas de rendez-vous de prévu du tout, répondit Zoe rapidement.

— Compris, dis-je d'une voix calme, mes pensées allant à mille à l'heure, cherchant à comprendre pourquoi Lynne se retrouvait ici.

— Je raccroche et j'appelle l'équipe de sécurité. Ray Sutton manigance quelque chose, dit rapidement Zoe.

— Ah oui. Fais ça. Qu'est-ce que je lui dis ?

— Sois honnête, mais ne la laisse pas partir. On va trouver une solution.

Elle raccrocha, et je regardai Lynne. Mon estomac se serra.

— Madame Sutton...

— Appelez-moi Lynne, m'interrompit-elle.

— Lynne, il n'y a aucun rendez-vous de prévu. Je pense que ce message ne venait pas de votre avocat, et nous sommes inquiètes, car nous pensons que votre ex manigance quelque chose, dis-je rapidement.

Lynne écarquilla les yeux.

— Oh mon Dieu. Devrais-je...

— Ne partez pas, dis-je rapidement, en anticipant sa question.

Je me levai et fis le tour du bureau, fermant la porte d'entrée à clé.

Je m'assis sur une chaise à côté d'elle. Ses mains tremblaient, et mon ventre se serra à nouveau alors que mon cœur battait la chamade et que mon anxiété me dévorait.

Le téléphone sonna. Je tendis le bras pour répondre sans me lever. C'était Zoe.

— Aidan envoie une équipe postée au tribunal. Et j'ai appelé Finn, dit-elle.

— Ce n'est pas...

— Je sais que tu essaies de l'éviter, mais c'est ridicule. Il est en chemin.

Des larmes me montèrent dans les yeux et ma gorge se serra. Je ne pouvais pas vraiment me concentrer sur mes sentiments pour lui, mais je gardais tout pour moi depuis trop longtemps. J'essayai de me forcer à être rationnelle.

— D'accord, merci.

Quelqu'un frappa d'un coup violent la porte.

— Il faut que j'y aille, dis-je en raccrochant rapidement.

— Lynne, je sais que t'es là-dedans, cria une voix d'homme.

Je ne connaissais pas Ray Sutton du tout, mais il avait diffusé assez de publicités de campagne électorale pour que je sache reconnaitre sa voix.

— Oh, non, dit Lynne, se tordant les mains.

— Une équipe de sécurité est en chemin, dis-je rapidement.

Il continua de tambouriner à la porte.

Je regardai Lynne.

— Il faut juste qu'on patiente. La police est en chemin aussi.

On attendit pendant ce qui semblait être une éternité, mais je savais que ce n'était que quelques minutes. Puis on entendit quelqu'un d'autre arriver dans le couloir. Les coups s'arrêtèrent. Lynne était figée sur sa chaise. Même si je mourais d'envie d'ouvrir la porte pour savoir ce qu'il se passait, je voulais qu'elle se sente en sécurité, donc je collai mon oreille à la porte pour écouter. J'entendis une voix grave dire à Ray de se calmer et lui demander pourquoi il était là.

Je regardai Lynne et lui expliquai.

— C'est bon, un agent de sécurité lui parle.

Elle me regarda avec de grands yeux.

— Je suis sûre que vous pensez que je suis folle, mais...

— Je sais que vous n'êtes pas folle, dis-je fermement.

Je me penchai vers la porte à nouveau et entendis la voix de Finn dire à Ray qu'il violait sa mesure d'éloignement.

Ray commença à argumenter.

— De quoi vous parlez ? Lynne n'est pas là...

Je ne réfléchis pas plus longtemps et j'ouvris la porte, sortant du bureau et la claquant derrière moi. Finn, l'agent de sécurité et Ray se tournèrent tous vers moi.

— Vous frappiez à la porte en l'appelant. Vous saviez parfaitement qu'elle était là, dis-je directement.

Le soulagement que je ressentis en voyant Finn était si profond que mes genoux tremblèrent. J'avais envie de lui sauter dans les bras, mais ce n'était vraiment pas le moment. Je croisai son regard, lourd d'un éclat que je reconnaissais, mais il resta concentré sur Ray. Un autre agent s'approcha dans le couloir, parlant dans son talkie-walkie.

Ils commencèrent à arrêter Ray. Zoe revint également, expliquant qu'elle avait demandé un report d'audience. Quelques minutes plus tard, le couloir était plein de gens. Finn croisa enfin mon regard et s'approcha de moi.

— Je peux aller parler à Lynne dans le bureau ? demanda-t-il d'une voix grave.

— Bien sûr, dis-je en acquiesçant rapidement.

Il posa brièvement une main dans mon dos. Ce simple contact me donna envie de pleurer. Mes émotions étaient une réelle cacophonie.

Il fallait que je me reprenne. Je me secouai et laissai Finn entrer dans le bureau, le suivant rapidement. Lynne était assise exactement là où je l'avais laissée. Elle ne pleurait pas. Elle était immobile, son visage était pâle et elle avait les yeux écarquillés. Elle serrait les mains sur ses genoux, comme si elle essayait de se réconforter toute seule. Finn s'approcha d'elle et s'assit à côté d'elle, lui expliquant rapidement que Ray avait été arrêté pour avoir violé les conditions de sa mesure d'éloignement.

Je savais qu'il avait besoin de faire son boulot, mais j'avais désespérément besoin de lui parler.

Tu ne sais même pas ce que tu veux lui dire. Ou peut-être que tu sais parfaitement ce que tu veux dire. Mais tu ferais mieux de savoir où tu en es.

J'écartai mes pensées et essayai de ne pas gêner qui que ce soit. Je fis ma déclaration des faits au coéquipier de Finn quand il me dit d'aller lui parler. Finn me prit à part avant de partir. Je le regardai droit dans les yeux. Mes mots étaient coincés dans ma gorge. J'avais tellement de choses à dire, mais je n'arrivais pas à former une phrase cohérente.

— Ma sœur et son amie passent quelques semaines chez moi. J'imagine que tu me dirais non si je te proposais qu'on dine ensemble bientôt ? Ce soir, je ne peux pas parce que ça va être le bordel au commissariat, puisque Ray est un fichu candidat, dit-il.

J'acquiesçai, la gorge serrée.

— D'accord, dis-je enfin.

On se tenait derrière mon bureau, juste devant la porte qui menait vers ma petite pièce à moi. Il me fallut faire appel à toute ma volonté pour ne pas l'entrainer dedans et fermer la porte. Je n'arrivais pas à détourner le regard de ses beaux yeux bleus. Malgré le fait qu'il y avait deux policiers ici, l'équipe de sécurité et l'avocat de Lynne, qui avait confirmé qu'elle n'avait pas pris rendez-vous avec Zoe, j'avais l'impression qu'on était seuls.

Il hocha la tête, tendu, puis partit. Merde, merde, merde. Il allait falloir que je trouve mes réponses.

Chapitre Vingt-Huit

FINN

Je réfléchissais au commentaire de Zoe sur le fait qu'il fallait que je fasse un vrai effort pour montrer à Jana à quel point elle comptait pour moi. L'idée me vint d'un coup. Après en avoir parlé avec Eli, qui pensait que j'avais clairement perdu la tête, mais qui voulait bien m'aider, je mis mon plan en marche. Plus tard ce jour-là, alors que tout était prêt, en partie grâce à l'aide de Zoe et Ethan, je me mis en route vers un accrochage qui avait eu lieu sur le périph en pleine heure de pointe. Je trichais un peu sur certaines choses, mais je m'en fichais complètement.

Avec mon gyrophare, je me faufilai sans problème jusqu'à me garer sur la bande d'arrêt d'urgence où je sortis de ma voiture pour trouver Jana les bras croisés alors qu'elle regardait un pare-chocs plié et Eli. Ethan avait joyeusement accepté de sacrifier son pare-chocs. Je fis tourner Jana vers moi, elle fronça les sourcils alors que ses joues rougissaient. Eli avait fait un travail parfait en ne créant qu'une petite bosse sur le pare-chocs d'Ethan.

Eli était appuyé contre sa voiture, avec un éclat dans le regard, mais il gardait un air sérieux.

— Pardon monsieur l'agent. Mais la dame roulait tellement lentement que je lui suis rentré dedans, expliqua-t-il en pointant Jana du doigt.

Jana avait déjà l'air déstabilisée, mais soudainement elle était hors d'elle. Elle lui lança un regard noir et souffla avant de me regarder.

— J'étais obligée de rouler doucement. Je veux dire, c'est l'heure de pointe, dit-elle en agitant les bras vers les bouchons.

Eli hocha la tête, jouant parfaitement son rôle de « je m'en fiche complètement » comme nous avions convenu.

— Vous avez ralenti, ça, j'en suis sûr. Sinon je ne vous serais pas rentré dedans. C'est pas grave. Vous avez mon assurance.

Ignorant le grognement de Jana et le feu dans ses yeux, il me regarda et haussa les épaules encore une fois.

— Je ne sais pas pourquoi elle est dans cet état-là. C'est moi qui suis responsable.

Jana croisa les bras et tapa du pied. Bordel. Qu'elle était belle. Elle avait les cheveux détachés aujourd'hui, ils dégringolaient sur ses épaules. Elle avait à nouveau un mélange de rose dans ses mèches violettes. Elle portait une jupe noire moulante qui lui arrivait juste au-dessus des genoux avec un chemisier cintré. Bordel. J'avais envie d'elle. Mon corps reprenait vie rien qu'en la regardant, et mon cœur se serrait.

Je réalisai qu'elle était sans doute stressée parce qu'elle conduisait la voiture d'Ethan. Je croisai son regard.

— Ça n'a pas l'air trop grave. Et si on allait en parler dans ma voiture de police, proposai-je.

Elle écarquilla les yeux, laissant tomber ses bras.

— Ce n'était pas de ma faute. Pourquoi t'as besoin de me parler à moi ?

Eli soupira.

— C'est bon. Je lui ai déjà dit que je paierai même si elle a freiné d'un coup. Je ne sais pas pourquoi elle est aussi chiante.

Jana marcha vers moi d'un pas décidé.

— D'accord. Je veux bien te parler si je n'ai plus à écouter ce débile.

Je levai les yeux vers Eli quand on passait devant lui, me demandant si j'allais un peu trop loin. Je m'en fichais un peu si c'était le cas. J'aimais voir ses fesses rondes piétiner vers ma voiture. Après l'avoir installée sur le siège passager, je montai à l'avant avec elle, décrochai les menottes de ma ceinture et tendis immédiatement le bras pour la menotter.

— Qu'est-ce que tu fous ?

— J'essaie de te parler, dis-je directement.

Son cœur battait la chamade dans son cou, elle respirait vite et me fixait du regard. Pendant un bref instant, elle plissa les yeux puis explosa de rire.

— D'accord, d'accord, réussit-elle à dire quand elle arrêta de rire.

— Et je te devais de te menotter, dis-je.

Son regard s'assombrit, son désir traversant ses yeux alors que ses joues devenaient plus rouges encore, mais elle ne se détourna pas.

— C'est vrai. Vous êtes de garde, monsieur l'agent ?

Je secouai la tête.

— Je ne peux pas partir comme ça. Zoe m'a demandé de récupérer la voiture d'Ethan, donc il faut que je l'appelle.

Je n'étais pas doué avec les secrets, elle plissa les yeux en me fixant du regard.

— Tu savais tout ça.

Je craquai complètement et ris.

— Eli est un ami. Et c'est moi qui paie les réparations du pare-chocs d'Ethan.

Elle se mit à rire si fort que des larmes coulèrent sur ses joues. Quand elle arrêta de rire, elle se mordit la lèvre.

— Eh bien, tu as toute mon attention, ça c'est sûr.

Je la regardai un long moment, m'imprégnant de cette femme drôle, audacieuse, un peu folle qui s'était emparée de mon cœur en un temps record. Mon cœur se serra dans ma poitrine. Je déglutis face à l'émotion qui montait en moi et soutins son regard, prenant une profonde inspiration.

— Zoe a suggéré que je fasse quelque chose d'énorme pour obtenir ton attention, donc c'est ce que j'ai fait. Je ne sais pas ce que je suis pour toi, mais je...

Je n'avais pas réfléchi à cette partie-là des choses. Pendant tous ces moments de planification, je n'avais pas réfléchi à ce que j'allais dire.

Mes mots m'échappèrent simplement.

— Je crois que je suis en train de tomber amoureux de toi, et je sais que c'est fou et...

Le souffle de Jana se coupa soudainement, et une larme coula sur sa joue. D'un coup, elle passait par-dessus la console qui se tenait entre nous pour me grimper sur les genoux et me couvrir de baisers.

Elle se recula, les yeux brillants.

— Moi aussi. J'ai l'impression d'être folle et je suis désolée de t'avoir repoussé, c'est juste...

Elle marmonna tout un tas de choses dans mon cou, et je n'en compris pas la majorité. Comme c'était Jana et que mon corps réagissait toujours quand elle était là, je me retrouvai à bander en un instant. Elle se recula enfin, passa sa manche sur son visage avec un soupir. Ses yeux trouvèrent les miens et s'assombrirent. L'air entre nous était lourd, pesant de désir et d'envie. Elle posa ses fesses sur mes jambes, caressant ma queue de ses hanches. Malheureusement, ou heureusement selon le point de vue, je sentais l'humidité de son entrejambe même à travers mon uniforme et sa culotte. Sa jupe était remontée sur ses hanches et il n'y avait rien d'autre entre nous.

Quelqu'un frappa fort à la fenêtre. Je levai les yeux et vis Eli et Ethan dehors.

— On a un public, murmurai-je d'une voix rauque.

Sans gêne, Jana haussa les épaules.

— Il faut que je bouge ? demanda-t-elle avec un sourire malin.

— Oui. Du moins pour le moment.

— Je peux les garder ? demanda-t-elle en secouant les menottes devant moi.

— Oui, dis-je tandis que ma queue durcissait encore en voyant l'air dans ses yeux.

J'ouvris la porte après qu'elle fut descendue de mes genoux avec un soupir contrarié. En sortant de la voiture, je regardai Eli et Ethan.

— D'accord, les gars, tout est bon, non ?

Ethan sourit.

— Je gagne un nouveau pare-chocs et tu gagnes le cœur de ta nana, c'est ça ?

— C'est le plan, dis-je avec un clin d'œil.

Ils dirent au revoir et je remontai dans la voiture, prenant la route aux côtés de Jana. J'avais prévu de la ramener chez elle, mais elle était impatiente. Et les menottes ne la calmaient pas. Elle ne cessait de me toucher. Au lieu d'avoir une main posée sur ma queue alors que j'essayais de conduire, elle en avait deux, et disait que c'était la faute des menottes.

Dire qu'elle me rendait fou n'était pas suffisant.

C'était la fin de soirée, et je m'engageai sur une route qui sortait de Seattle et menait vers un cul-de-sac qui était toujours tranquille. C'était un projet de construction qui avait été abandonné pendant une bulle immobilière. Je conduisis lentement sur la route de gravier et m'arrêtai dans une zone déserte, parmi les arbres.

Je la regardai, me penchant pour embrasser ses lèvres. Elle grimpa à nouveau par-dessus la console et passa les menottes derrière mon cou. Encore une fois, tout ce que j'avais essayé d'organiser partit en fumée. Sa langue s'emmêla à la mienne alors qu'elle balançait ses hanches sur moi et que j'arrachais son chemisier. Je me libérai de notre baiser pour reprendre de l'air. Ses seins se libérèrent quand je défis l'agrafe de son soutien-gorge. Ses tétons roses étaient tendus contre mes pouces. Je plongeai la tête et en pris un dans ma bouche. Tout m'avait manqué chez elle : son odeur, son goût et sa folie libérée. Elle hurla à bout de souffle quand je mordis son téton.

Je savourai la rondeur et le poids de ses seins dans ma main. En levant la tête, je trouvai ses yeux sombres et décidés.

— Défais ta chemise, ordonna-t-elle.

— Je crois que tu prends les choses à l'envers, dis-je avec un sourire lent. Je ne suis pas censé être celui qui donne les ordres ?

Elle me lança un sourire.

— Peut-être, mais je ne peux pas déboutonner ta chemise et je veux sentir ta peau, donc fais-le.

J'étais ravi d'obéir et je défis rapidement ma chemise avant de grogner quand elle se colla à moi, ses seins caressant mon torse. Je passai ma main sur sa jambe, savourant la tension de ses muscles quand elle balança ses hanches contre moi. La soie noire entre ses cuisses était mouillée.

Je baissai les yeux en remontant sa jupe. Elle frotta ses hanches contre moi. Je me cambrai pour la toucher, et me délectai de son cri de plaisir. Je la reculai un peu et passai un doigt joueur sur la soie mouillée.

— Tu m'as manqué, murmurai-je en regardant ses grands yeux bleus assombris.

Je soutins son regard, mon cœur battant la chamade et trouvant un air de vulnérabilité dans ses yeux.

J'avais tellement envie d'elle. Plus que de n'importe qui d'autre au monde.

Chapitre Vingt-Neuf

JANA

Finn soutint mon regard d'un œil brûlant et sombre. J'étais perdue dans une tornade d'émotions. J'avais besoin qu'il soit en moi. Tout de suite.

Quand il passa un doigt sur ma culotte trempée, je balançai mes hanches contre lui.

— Défais ta braguette, ordonnai-je.

Il rit à nouveau.

— Je crois que tu ne joues toujours pas le jeu.

— Tu peux me donner tous les ordres que tu veux, mais je sais mieux faire, dis-je avec un rire.

Il me fit un sourire en coin, et les papillons s'emparèrent de moi. Je me redressai un peu lorsqu'il passa la main entre nous, ouvrant sa braguette rapidement. Je baissai les yeux et vis la bosse de sa queue à travers son caleçon noir. Je m'abaissai à nouveau, caressant ma chatte mouillée sur son membre. Ma culotte était si trempée que je savais qu'il le sentait. Ses yeux s'assombrirent et son souffle siffla entre ses dents.

— Ça ne suffit pas. Retire ton caleçon, dis-je.

Ses yeux se plantèrent dans les miens, je le sentis passer une main entre nous, son poing frottant mon clitoris et déclenchant une vague de plaisir en moi. Je baissai les yeux et sa queue se libéra de son caleçon. Baissant son pantalon, il prit sa queue dans sa main et écarta ma culotte, passant un doigt dans mes plis mouillés. Il me provoqua à nouveau, plongeant un doigt profondément en moi et me doigtant rapidement. Je criai. J'étais trempée et je mourais d'envie d'en recevoir plus.

— Encore, gémis-je en balançant mes hanches à son toucher alors qu'il me limait avec ses doigts.

J'essayai de m'approcher, soupirant en sentant sa queue dure et son torse musclé contre mes seins. Avec un grognement, il sortit ses doigts et positionna sa queue devant mon entrée, passant son gland d'avant en arrière sur mon clitoris et baignant sa queue dans mon jus.

— Finn, gémis-je, le suppliant.

Sans le quitter des yeux, je plongeai sur sa queue alors qu'il s'enfonçait en moi. Je criai de plaisir sous cette délicieuse tension. Sentir Finn enfoui en moi était comme rentrer à la maison. Je restai immobile, mes émotions s'emparant de moi. Mon chemisier tombait de mes épaules et pendait au niveau de ma taille. Il passa une main dans mon dos, et je savourai la chaleur forte de son toucher alors qu'il m'amenait près de lui et se mettait à se balancer en moi. Nous n'avions pas beaucoup d'espace pour bouger. Le volant était contre mon dos quand on se mit à s'agiter.

C'était l'une des parties de jambes en l'air les plus sexy de ma vie.

On bougea au ralenti. Je sentis mon orgasme monter lentement, des vagues de plaisir roulant en moi à chaque coup de reins. Dans notre position comprimée, mon clitoris se frottait à lui. Je me balançai contre lui, en essayant de le prendre plus profondément à chaque passage. Je me penchai en avant et mordis son cou.

— Je veux te voir, marmonna-t-il d'une voix rauque.

Je levai la tête tandis que Finn s'agrippait à mes hanches et me prenait profondément. Je hurlai en jouissant lorsque mon climax me déchira. Il me tint fort et lâcha un cri rauque juste après moi quand son orgasme me remplit. Quand je réussis à reprendre mon souffle, j'ouvris les yeux. Il pencha la tête en arrière, ses beaux yeux bleus trouvant les miens. On resta assis comme ça, mes mains attachées toujours derrière son cou. J'étais collée contre lui alors qu'il était plongé en moi.

— Je n'ai pas envie de bouger, dis-je, me sentant soudainement vulnérable.

— On n'est pas obligés de bouger tout de suite. Peut-être un peu plus tard, dit-il avec un grognement.

Je me détendis et m'appuyai contre le volant, klaxonnant sans faire exprès.

— Bon, maintenant, il va peut-être falloir qu'on bouge plus vite que prévu.

— Vraiment ?

— Ouais, on patrouille cette zone. Elle est abandonnée. Donc il y avait toujours des mômes qui venaient faire des bêtises.

— J'imagine qu'on est peut-être en train de faire des bêtises aussi, murmurai-je en passant un doigt sur sa mâchoire.

— Je pense qu'on peut dire ça. J'ai dépassé tout un tas de limites pour avoir ton attention. Je devrais sans doute me sentir coupable, mais pas du tout.

Mon cœur se gonfla, et je souris.

Il sourit, serrant mes hanches.

— Retourne quand même sur ton siège au cas où

quelqu'un débarque. Parce qu'à l'instant, on dirait que je t'ai arrêtée pour te baiser dans ma voiture.

— C'est ce que tu as fait, non ? demandai-je avec un petit rire.

— Oui, faut croire, dit-il enfin avec un rire.

— Ça valait le coup, non ? demandai-je, ma vulnérabilité remplaçant mon rire.

Avec un regard sérieux, il acquiesça.

— Sans aucun doute.

Je me démêlai doucement. Lorsque je m'installai sur le siège passager, je levai les yeux.

— Tu as même du gui, dis-je en remarquant ce qui pendait à son miroir central.

— En effet.

— Je sais qu'on est censés s'embrasser sous le gui, mais pourquoi ?

Finn pencha la tête sur le côté.

— Ma sœur a insisté pour que je le mette. Elle dit que c'est une source d'amour et de paix.

Il se tut, un regard calme.

— J'ai dit d'accord parce que pour moi... Tu es la femme de ma vie.

ÉPILOGUE

Finn

Un an plus tard

Un an s'était écoulé depuis le jour où j'avais « arrêté » Jana. Je la retrouvais à une soirée de Noël chez Daisy et Tristan. Dès que Daisy ouvrit la porte, mes yeux se posèrent sur Jana. Elle se tenait sous une arche avec un verre de vin en main. Elle me fit un signe de main en me disant de venir jusqu'à elle. J'étais fou d'elle, donc je passai devant Daisy en ne m'arrêtant que quand elle dit mon nom.

Je me retournai. Daisy sourit chaleureusement.

— Tu allais dire bonjour, Finn ?

— Oh, oui. Bonjour Daisy, comment tu vas ?

— Je vais bien. Et toi ? demanda-t-elle gentiment. Ça fait plaisir que tu sois là. On dirait que tu as amené un cadeau.

En baissant les yeux, je réalisai que j'avais oublié le sachet cadeau que je tenais dans ma main. Jana avait commandé le cadeau pour ce soir, mais j'avais reçu des instructions pour aller les chercher.

— C'est pour toi, dis-je en lui tendant le sachet cadeau. Je ne sais pas ce que c'est. J'ai simplement obéi, expliquai-je.

Daisy rit et me fit signe de rejoindre Jana.

— Vas-y, dit-elle avec un sourire.

Je me dirigeai vers Jana, penchant immédiatement la tête pour l'embrasser dans le cou et la tirer vers moi. J'avais passé quelques semaines à Londres et je n'étais rentré que la nuit dernière. Cette année passée, j'avais enfin quitté mon poste de policier. J'avais monté une association caritative qui soutenait les victimes de violences conjugales, financièrement et avec un avocat que j'avais engagé pour établir des stratégies pour gérer les libertés des agresseurs pendant les procès tout en aidant à limiter les conséquences néfastes pour les victimes. Ray Sutton avait fini par recevoir son dû. Il avait été condamné pour attaque aggravée sur son ex-femme après beaucoup trop de ralentissement dans le processus.

Lynne Sutton avait tenu bon tout du long en attendant le procès, ne serait-ce que parce que Ray s'était mis encore plus dans l'embarras quand il avait décidé de ne pas respecter sa mesure d'éloignement. Elle travaillait avec moi dans mon association. Même si j'avais démissionné de mon poste actif, je participais encore à la formation des nouveaux officiers. Quand Jana avait terminé son école d'avocats, elle avait pris un nouveau rôle dans le cabinet de Zoe et était très occupée à se créer une réputation d'avocate brillante.

Je reculai avec un sourire quand Jana me mordit l'oreille. Quand je croisai son regard, elle pencha la tête sur le côté.

— Tu as oublié quelque chose.

— Quoi ? Je suis allé chercher le cadeau. J'ai déjà...

Elle secoua la tête doucement, passant sa main sur ma ceinture.

— Tes menottes. Tu avais promis...

— Je n'ai pas oublié.

Elle me lança un sourire et haussa les épaules, reculant quand elle entendit son nom.

Zoe marcha vers nous pour nous rejoindre avec deux verres de vin.

— Tu en veux un ? demanda-t-elle.

J'acquiesçai et elle me tendit un verre de vin. Quelques instants plus tard, Ethan se joignit à nous et on entra dans le salon. La soirée continua avec Jana blottie contre moi sur le canapé. Après qu'on fut partis, je m'installai dans la voiture à côté d'elle, ses yeux trouvèrent les menottes posées sur l'embrayage.

— Ah ! C'est là que tu les as laissées, dit-elle avec un sourire malin.

Je n'avais plus de voiture de fonction, bien entendu. Je lui rendis son sourire.

— Je trouvais ça plutôt pas mal.

— Qu'est-ce qui est pas mal ?

Je posai un doigt sur le métal froid et soulevai les menottes, révélant une bague éclatante accrochée à l'une des boucles. Elle me les arracha des mains, me regardant droit dans les yeux.

— C'est...?

Ma gorge se serra d'émotion alors que je la regardais droit dans les yeux.

— Je me suis dit que c'était logique de te le demander comme ça, puisque c'est comme ça qu'on s'est rencontrés. Je ne peux pas imaginer ma vie sans toi, donc...

Ma phrase resta en suspens quand une larme coula sur sa joue. Soudainement, elle hocha la tête et se jeta dans mes bras, se cognant la tête sur le miroir central entre nous.

— Oui, oui !

— Tu ne m'as pas laissé terminer, murmurai-je avec un rire dans ses cheveux.

Elle recula, les yeux pleins de larmes.

— Je t'interromps souvent. Ça fait partie de ce que j'adore chez toi. Tu t'en fiches.

Tandis que je riais doucement, mon cœur battant à un rythme régulier, elle tendit la main.

— Où est la clé ? demanda-t-elle, les yeux posés sur la bague argentée qui pendait sur les menottes.

Avec son corps désirable sur mes genoux, j'eus un peu de mal à atteindre ma poche, mais je réussis. Je lui tendis la petite clé. Une fois les menottes ouvertes, je lui passai la bague au doigt.

Merci d'avoir lu **Un Souhait Inassouvi** - j'espère que vous avez aimé l'histoire de Jana et Finn !

Découvrez ma prochaine série - une romance torride dans une petite ville ! Collision amoureuse, Des risques à prendre série: « Ce livre est tout simplement phénoménal ! J'ai absolument adoré le couple de Daphné et Flynn. »

1-click: Collision amoureuse

Inscrivez à ma newsletter ! Ça fait quelques années qu'Olivia et Liam se sont retrouvés dans Le Match. Profitez de cette tranche de vie, tirée de leur avenir.

Inscrivez à ma newsletter : Le Match - Scène Bonus

· · ·

Ou inscrivez-vous à ma newsletter directement ici : https://jh-croix.ck.page/45405038d4

À PROPOS DE L'AUTEUR

J.H. Croix est une auteur sur la liste des meilleures ventes USA Today, elle vit dans le Maine avec son mari et leurs deux chiens gâtés. Croix écrit des romances contemporaines à couper le souffle avec des femmes fortes et des hommes alphas qui n'ont pas peur de montrer leurs émotions. Son amour des petites villes et des personnages qui y vivent habite sa prose. Baladez-vous dans les folles romances de ses bestsellers!

jhcroixauthor.com
jhcroix@jhcroix.com